枕頭の一書

作家たちが読んだ
人生最後の本

窪島誠一郎

アーツアンドクラフツ

はじめに――「枕頭の一書」について

枕頭の一書とは、人が死ぬ間際に病臥のかたわらに置いていた本、あるいは読みかけていた本、読みたかった本のことである。その人が息をひきとる直前までに手元に置きたかった本、読みたかったのはどんな書物だったのか、なぜその人はその本を「人生最後の本」にえらんだのか、を考えたいと思って書きはじめたのが本書である。

ただ、私はこのいくぶん古風とも事大的ともいえなくもない「枕頭の」という言葉を、ずいぶん長いあいだ誤って解釈していたようだ。というのは最近、ある古書市でみつけた福永武彦氏の随筆集『枕頭の書』（昭和四十六年、新潮社刊）を読んで、「枕頭の」という言葉がかならずしも私の考えるような、「人生最後の」といった大げさな意味だけをもつものではないことを教えられたからである。
福永武彦氏の『枕頭の書』によると、「枕頭の書」とは心地よく眠りにつくための一種の導眠剤的な役割を果たす書物のことで、その書物を枕代わりにして自然に夢路に入る「枕や布団の友だち」のようなものだといっているのである。

――私は寝ながら本を読むという癖があるから、枕頭の書というのはすべて、いよいよ寝ようという時のための本である。ここでまた註を入れれば、寝るのには夜寝るのと昼寝るのとある。普通は前者を指すこと勿論である。そこでもしもその枕頭の書が面白すぎれば、つい夜ふかしをして翌日の仕事に差支えるということになるだろう。（略）大して面白くないものなら途中でやめて眠ることも出来るが、これがもし傑作に行き当るとそう簡単に寝るわけにはいかない。ついつい読み耽って、窓の外が白々明けになるというマラルメ的体験をこちらも味わうことになった。

（福永武彦『枕頭の書』）

ここにある「マラルメ的体験」とは、ある夜福永氏が枕辺に持ちこんだのが、難解なフランスの詩人ステファヌ・マラルメの注釈書で、それを読むうち字引きが必要となり、さらに書棚の奥にある原本の詩集まで運んでこなければならなくなり、仰向けに寝たまま三冊の書物を操《あやつ》るのに大変苦労したという体験なのだが、これなどは眠りのじゃまになっても、けっして心地よい夢路にさそってくれる「枕頭の書」にはならなかった例だろう。

そういった意味では確かに「枕頭の書」とは、あくまでも眠るため、安眠をうながすための本であるから、傑作であったり問題作であったりする必要はなく、どちらかといえば退屈で薄味な、途中で眠気をもよおすような本であればあるほど、読む者にとっては絶好の「枕頭の書」になると福永氏はいっているのである。

だがしかし、私がこの本で書こうとしている「枕頭の一書」は、福永氏のいう「催眠的効用のある本」とはちょっとちがう。

最初にいったように、私のいう「枕頭の書」とは、その人の人生が終るときに手にする書物のことである。あるいは、人生の最後を前にしたときに、その人が生きているうちにこの本だけは読んでおきたかった、またはもう一ど読み返したかったと希《ねが》っていた本であるといったほうがいいかもしれない。よく人は、「無人島に一冊持ってゆくとしたら何の本を持ってゆくか」といった質問をすることがあるけれども、それに倣《なら》っていえば、私は「あなたは生涯を閉じようとするときにどんな本を読みたいですか」という問いかけを読者にしたいのである。

いうまでもなく、一冊の本を読むということは、その時間を見知らぬ作家と共有することである。一冊の本をあいだにして、その作家と会話を交わすことである。私のいう「枕頭の一書」とは、死期の迫った一人の人間が、一冊の本にこの世に生きてきた意味をもとめ、これまで味わった人生を回顧し、慰め、労《いたわ》り、そしてこれから死んでゆく己が魂の依りどころにするための本なのである。

元気で生きているあなたにも、いつかかならず死は訪れる。あなたはそのときに、どのような書物を欲するのだろうか。何を読もうとするのだろうか。ここに挙げるいくにんかの作家の「枕頭の書」が、あなたのかけがえのない「一書」をえらぶ道しるべになれば、とひそかに希っているのである。

ただ、この本を編むにあたっても苦労したのだが、ひとくちに「枕頭の一書」といっても、その人が死の直前に読んでいた本、あるいは読もうとしていた本を特定するのはなかなかムツカシイ。しかも、それが多少なりとも世間に名の知れた作家や評論家であったりすれば尚更で、その臨終に立ち合える人はごく限られているし、ましてその人物が枕元に置いていた本が何であったかを知る人はきわめて寡《すく》ないといわねばならない。その人の「人生最後の書」をさぐり当てるのはそう簡単ではない。

そもそも、病床の枕辺にその本があったからといって、その書物が当人にとってどれだけ貴重な本であったかはわからない。たまたま友人知己や見舞い客から差し入れされた本が置いてあったという場合もあるだろうし、だれかから奨《すす》められて何となくぺらぺらとめくっていた程度の本という場合もあるだろう。そうしたなかから、当人が心の芯から欲していた「一冊」をさがし出すのは容易ではないのである。

したがって、この「枕頭の一書」にも筆者である私の多少の推量と想像がまじっていることを許してもらわねばならない。それは、ここにならんだ作家たちの大半が、ふだんから私が親しく交流していた故人たちであり、かれらの人生（とくに晩年）を比較的至近距離からみつめることができた人たちであるからでもあろう。

それにしても、その作家の生きた軌跡を考え、作家がのこした仕事の軽重を考えるとき、「なぜこの作家は最後の一書にこの本をえらんだのだろう」とか、「この本のどの言葉に見送られて作家は旅立ったのだろう」とかいった推理をめぐらすのは、この本を編む最大の娯《たの》しみでもあった。いってみればそれは、その作家が辿った時代、歳月、やりとげた仕事をあらためてふりかえり、分析し、同時にその作家がどんな気持ちで己が死をむかえようとしていたかを推し図る稀少な手立てとなったからである。

最初にのべたように、「枕頭の書」には単に安らかに夢路にさそう役目をもつという意味もあるようだが、私にとってそれは、その人間が最後につく「永遠の夢路」のための一書であるように思えるのだ。

それと一つことわっておきたいのは、この本に登場する作家の方々の名には、あえて「先生」とか「氏」とかいった敬称をつけなかったこと。筆者にしてみれば、この「枕頭の一書」で取り上げた物故作家六名のうちの多くは、あるときは「師」であったり「大先達」であったりした敬愛する同時代の作家たちばかりなのだが（なかには実の父親もふくまれている）、最後に登場する永井荷風と芥川龍之介をのぞき、筆者が実際にその作家の臨終に立ち合い、机辺枕辺に「最後の一書」が置かれてあるのをこの眼で見た作家としてえらばせてもらっているので、生前のご交誼に甘えてすべて「さん」づけで呼ばせていただくことにした。そのほうが読まれる人の心にすうっと入ってゆくような気がしたからである。

目次

装丁◉林 二朗

枕頭の一書

――作家たちが読んだ人生最後の本

大岡昇平
——『富永太郎画帖』

大岡さんの死は急だった。一九八八年十二月二十二日、年に一ど定期的にうけていた順天堂大学病院での心臓疾患の診察中に、とつぜん脳梗塞の発作におそわれ、二十五日に七十九歳で亡くなられた。三十五歳でフィリピンのミンドロ島に出征し、マラリアにかかって米国軍の捕虜となったが、敗戦とともに復員、そのあいだの捕虜体験を書いた『俘虜記』で文筆活動を開始し、いらい『幼年』『少年』などの自伝的作品、『武蔵野夫人』『花影』といった恋愛小説、戦争文学の一頂点といわれる『野火』や『レイテ戦記』を発表して戦後日本文学の牽引者となった作家大岡昇平さんの、じつにあっけなくも潔《いさぎ》よい死だった。

たまたま信州から東京の家に帰ってきていた私が、訃報をきいて世田谷成城町七丁目にある大岡邸に駈けつけたとき、まだ大岡さんのご遺体は奥の小座敷にぽつんと寝かされていて、春枝夫人が着物姿で枕辺にそっと寄り添われていた。生前「ゲイリー・クーパーにそっくり」といわれた端整な横顔をみせて瞼をとじられ、粛然と横たわる大岡さんの姿は、その人生の激動を少しも感じさせぬほどの静けさをたたえていた。大岡さんの死を待っていたかのように、翌年昭和天皇が崩御、元号が昭和から平成へと変わったわけだから、大岡さんは昭和末ギリギリまで生きつづけ、書きつづけたという点において、まぎれもなく「昭和の作家」として七十九歳の生涯をとじられたのである。

それまで鎌倉に住まわれていた大岡さんが、まだ当時祖師ヶ谷という地番だった成城町七丁目に転居されてきたのは一九六九年六十歳のときだった。たまたま私の家も同町九丁目（成城町のもっとも西の外れ）にあったことが、大岡さんのような大文豪と駈け出しの私設美術館主である私を近づけた大きな理由になっていたことはたしかだったろう。毎年正月に大岡邸でひらかれる文壇名物ともいえる新年会――大岡さんの盟友である埴谷雄高さんをはじめ、中野孝次、大江健三郎、秋山駿、本多秋五、辻邦生、加賀乙彦らキラ星のごとき文学者が集う新年会に、私のような若輩者が招かれるようになったのも、ぐうぜん同じ町内の住人だったことの恩恵の一つといってよかった。

一九八八年十二月二十五日夕、その成城の大岡邸で、私は自分の人生に口であらわせないほどの文学的薫陶をうけた大岡さんの、まだ温もりのあるご遺体とひとりで対面するというかけがいのない時間を得たのである（その段階では、まだ先生の死は新聞でも報じられていなかった）。

まだ記憶のなかにはっきりのこっているのだが、その日ご遺体と対面し終え辞去したときにチラリと大岡さんの書斎のほうに眼をやると、机の隅にきちんと重ねられた何冊かの書物の一番上に、見覚えのある富永太郎の小さな画帖がのせられているのがみえた。大岡さんの書斎は、玄関を入ってすぐ右手の書庫の隣りにあって、その隣りが応接間、そこから恒例の新年会がひらかれる広めのダイニングへとつづく間取りになっていたので、ご遺体との面会を果たした私が、奥の小座敷からダイニングを突っきって玄関まで出てくるときに、否応なく大岡さんの仕事場の机の上がみえたのである。

その富永太郎の画帖をみたとき、私はあらためて作家大岡昇平が最後の最後まで取り組んでいたのが『富永太郎全集』の出版であり、しかしとうとうその夢を果たすことなく旅立たれてしまったことに何ともいえぬ無念さをおぼえた。そして、まだ「信濃デッサン館」をつくってまもなかった無名の私に、富永太郎の画稿の整理を依頼されたのがたしか一九八〇年の春頃だったことを思い出し、とうとう自分も何のお役にも立てぬまま先生を見送ることになってしまったのだなという悲しみにおそわれた。

もともと大岡さんが私を富永太郎画稿の整理係に任命されたのは、大岡さんがこよなく愛し研究されていた詩人画家富永太郎が生前関心を抱いていたのが、私がコレクションしている同じように大正期に二十二歳で夭折した詩人画家の村山槐多《かいた》だったということからだった。

富永太郎は（大岡さんの富永論によると）「自己の内面」をテーマにしたいくつもの卓《すぐ》れた詩をのこすとともに、その「自己の内面」をさらに視覚化した油彩画やデッサンを数多く描いた画家であり、一九二五（大正十四）年十一月に二十四歳で肺結核のため死んでいるのだが、その六年前の一九一九年二月に、村山槐多は「湖水と女」や「尿《いばり》する裸僧」といったデカダンス的名作をいくつものこし、富永よりさらに二歳若い二十二歳五ヵ月で「スペイン風邪」（当時世界じゅうに蔓エンしていた流行性感冒）によって夭折した詩人画家である。そんな槐多のどこに富永が惹かれたのかわからぬが、とにかく晩年の富永がいわば「座右の画家」としていたのが槐多だったのではないかというのが大岡さんの見立てで、病没直前の富永のそばには一九二一（大正十）年アルス社から刊行された「槐多画集」が置かれてあったというのである。

大岡さんの有名なエッセイ集『成城だより』を読むと、亡くなった富永太郎の書棚には槐多の没後アルス社から刊行された『槐多の歌へる』があり、そこから推察するに富永の詩や絵には村山槐多からの影響が大いにあったのではないかとのべられている。大岡さんはそういう観点から村山槐多の詩や絵にも大変関心を抱かれていて、それで若い頃から槐多の作品収集に夢中になって、ついに一九七九年六月に自費を投じて信州上田（ここは槐多が十七、八歳頃に放浪した地だった）に、「信濃デッサン館」という夭折画家の小品ばかりをあつめた美術館までつくってしまった成城町住人の私に、ちょうどK書店から出版が予定されていた『富永太郎全集』に収録する富永の絵を選別するという大役をあたえてくれたというわけなのである。

当時、「署名入りの匿名批評」として世評の高かった大岡さんの『成城だより』は、「文學界」の一九八〇年一月号から途中休載をはさみ約三年間にわたって連載されていた人気エッセイで、ウィリアム・ブレイクから中原中也にまでおよぶ文芸評論や、映画、時事、政治についての批評、先生ご贔屓だった南沙織や中島みゆきの流行歌の感想にいたるまで、縦横無尽の「社会批評」の側面をも持ち合わせていた本だったが、その一九八一年七月二日付の欄には、私が村山槐多の名作中の名作「尿《いばり》する裸僧」(素ッ裸の若い僧侶が合掌しながら托鉢の鉢にむかって盛大にショウベンしている奇妙奇天烈な絵だが)を手に入れ、それを大岡邸にワゴン車で持ちこんだときのことがこうしるされている。

二日　水曜日　雨

十時、窪島誠一郎君、先月入手されし槐多「尿する裸僧」持って来て見せてくれる。六十五年振りの発見、ほこり絵具を保護して、色彩に鮮度あること、富永太郎の作品と同じ。「信濃デッサン館」へ運ぶ前にわざわざ老人に見せるために寄ってくれた、とはありがたし。筆者は一九二五年十二月、富永の遺した本にて『槐多の歌へる』を見てより、槐多のファンにて、戦後弥生書房版の全集、草野心平氏の評伝を持っている。それぞれ白黒で入っているけれど、濃淡の工合が違っている。窪島君のいわれるには、複写を重ねるうちに変化せるものにて『槐多画集』は、原画とはほぼ同じという。裸体僧の尿をそそいでいるのは、仏具の鉢にて、冒瀆の意図明らかなれど、背景に二つの性的シンボル、湖あり、山の形も性的にして、射精の代行行為の疑いあり。太腿は女のものではないか、と感ず。槐多には同性愛あれど、両性具有観念があったか否か。私小説的、変身自画像にて、「湖水と女」「女と乞食」「カンナと少女」と較べて異色作に属す。力強く、眼を楽しませるよりは考えさせる作品。個人的には代々木の「赤松」、富ヶ谷方面に当時まだあって、現場感があった。

『槐多の歌へる』は富永太郎の書架にありし、唯一の日本の画家の本だったことに

――思い当る。

これを読むと、大岡さんと私をむすびつけていたのは、かならずしも私が成城町住人だったからということだけが理由だったのではなく、やはりそこには村山槐多という存在が大きかったことに気づかされる。大岡さんの富永太郎への熱愛と研究心とが、私のコレクションしていた村山槐多という詩人画家の登場によって、もう一つ大岡さんの富永に対する想像力と喚起力を増幅させたといっていいのかもしれない。私を太郎画稿の整理係（正確にいうと出版される富永太郎全集に収録する太郎の作品えらび）に任命されたのも、大岡さんがほぼ同じ時期に若く死んだ二人の詩人画家の関係性を想像いじょうに重視していたという証《あかし》でもあったのだろう。

ただ、終りのほうに記述されている「『槐多の歌へる』は富永太郎の書架にありし、唯一の日本の画家の本だったことに思い当る」という下りは大岡さんの記憶ちがいというか、事実誤認だったようで、大岡さんは同じ『成城だより』の同年九月十七日の項で、こんなふうに改められている。

十七日　水曜日　曇

暑気やや衰え、凌ぎ易し。十一時、窪島誠一郎君来り、『槐多画集』（一九二一年、アルス）『槐多の歌へる』（一九二〇年、同）『槐多の歌へる其後』（一九二一年、同）を貸してくれる。「信濃デッサン館」所蔵本を持って来てくれたのなり。一九二五年、富永太郎蔵書に見たのが、『槐多の歌へる』だとばかり思っていたら『画集』の方だった。記憶のあてにならぬことの証左なり。白い本だった、との記憶のみ一致す。「松と榎」の原色版、代々木の赤松、梢に花咲きあったこと思い出す。空のウルトラマリンが鮮明なり、昔の印象をなつかしむ。富永の画帖にある裸婦像など、槐多デッサンのコピーなると認む。

さらに驚きたるは、四六倍判の大きさといい、厚さといい、活字の大きさといい、家蔵版『富永太郎詩集』と同じなることとなり。

何せ大岡昇平といえば、文壇きっての調べ魔にして厳格な実証主義の作家、何をおいても「事実」を重んじる作家だったから、富永太郎の書棚にあったのが『槐多の歌へる』ではなく『槐多画集』であったことはかなりのショックだったようで、その記憶ちがいについては、

「ダメだなァ爺じィの記憶ってやつは。近頃こういうザマがふえてきちゃった」

独特の半ベランメエ口調で何ども頭をかかれていた。

ただ、私はそれよりも、大岡さんがなぜそんなにまで富永太郎と村山槐多を結びつけたがるのかが今一つわからなかった。富永太郎の没後の書棚に『槐多画集』があったからといって、私には富永の詩や絵に槐多の影響がそんなにあるとはとても思われなかったのである。だいたい槐多の詩画は、富永の詩画の対極にある感じだった。世の槐多ファンが知る通り、村山槐多は何といっても直情一途、代表作の朱赤色の絵具（ガランス）を使って「何もかもをガランスにて描きたて奉れ」と詠ったデカダンスの詩人だし、絵のほうも「裸僧の放尿図」から「バイセクシャルの美少年図」にいたるまで、どちらかといえば両性具有かつ女体願望をモチイフにした絵ばかりだったからだ。

それに対して富永がのこした「自画像」や「上海の思い出」や「フリージア」といった絵は、大岡さんが指摘するように自らの心層にひそむ精神世界を、現実にみる風景や事物に重ね合わせて描いたようなところがあり、同時に富永の詩は、あの「私は透明な秋の薄暮の中に堕ちる……」の書き出しで有名な「秋の悲嘆」や、「たゞひとり黎明の森を行く……」ではじまる「無題」などがしめす通り、画作いじょうに精神の沈静をあらわすような詩作品ばかりなのだ。大岡さんが何どもいっているように、絵にしろ詩にしろ富永は自己の内部にひそむ精神世界を、重く深く沈んだ色彩と言葉によって作品化した表現者なのであって、いってみれば本能をまっすぐに爆発させたような槐多の詩や絵とは真逆にある存在といってもいいのである。

僭越ながら槐多信奉者としての私からいわせてもらうと、むしろ富永太郎の詩画は、槐多の野放図なダイナミズムを否定し、自らはもっとちがう方法で詩や絵に立ちむかっていた作品なのではないか。そういう点では富永太郎にとって村山槐多は、（憧れはしていても）ある種「反面教師」的な位置にあった詩人画家だったのではないかというのが私の思いだったのだ。

大岡さんが編纂された『富永太郎詩画集』(求龍堂)や、そのあと出された『富永太郎――書簡を通して見た生涯と作品』(中央公論社)を手びきに、ざっと富永太郎の経歴をたどるとこんなふうになる。

明治三十四(一九〇一)年五月四日、東京市本郷区湯島新花町九七番地(現・文京区湯島二丁目)に生まれる。鉄道省官吏、尾張藩士族富永謙治、園子の長男。

大正三(一九一四)年十三歳、本郷区西片町誠之小学校を卒業後、東京府立第一中学校(現・都立日比谷高校)に入学、同級に河上徹太郎、村井康男、一級下に小林秀雄、正岡忠三郎がいた。

大正六年十六歳、豊多摩郡幡ヶ谷代々木富ヶ谷一四五六番地(現・渋谷区松濤二丁目)に転居。

大正八年十八歳、第二尋常学校(現・東北大学)理科乙類(ドイツ語)に入学。生物学が志望であったが、次第に文学に親しむ。ニーチェ、ショーペンハウアーを読む。

東京の山の手本郷に生まれた富永太郎は、現在の都立日比谷高校を卒業したあと、宮城県仙台市にあった第二高等学校に入学し、最初は生物学に興味をもっていたが、やがて文学に親しむようになって、ニーチェ、ショーペンハウアーといった哲学書を読むようになったというから、十八歳という年齢では早熟な文学少年といえただろう。また、明治半ばから大正初めにかけて、太郎が生まれた本郷湯島近くでは、高村光太郎（下谷）、芥川龍之介（京橋入船）、堀辰雄（本所）、立原道造（日本橋）といった後世に名をのこす文人詩人が数多く生まれていたので、その意味では富永太郎もその「本郷周辺の系譜」をになう詩人の一人だったといえるのかもしれない。

大正十（一九二一）年二十歳、数学が不出来のため落第。ツルゲーネフ、ボードレールなどに読み耽り、仙台市内の画塾に通いはじめる。油彩画「自画像」をはじめ、当時の画帖中に自画像のデッサン多し。四月二十七日ボードレール「道化とギナス」、五月一日、同「射的場と墓地」を翻訳する。八月十七日、最初の詩作「深

夜の道士」、九月四日「夜の讃歌」。十月より仙台市市役所員の妻H・Sと恋愛。十二月八日「無題（ありがたい静かなこの夕べ……）」。同月H・Sの夫の干渉によって第二高等学校を退学、帰京。

仙台市内のどこの画塾に通っていたかは不明なようだが、おそらく本格的な油彩技法、デッサンが学べる塾だったと考えられる。「自画像」およびその後の「火葬場」などは、とても二十歳そこそこの若者が手習いで描いた絵と思えぬほどの完成度をもち、とくに「自画像」の意思的な描線や陰影、背景になる空間の処理などは見事だ。富永の絵の特徴がある緊張感にみちた自己把握、画面構成はこの頃すでに完成されていたとみられる。

そして、この青春期に体験した人妻H・Sとの恋愛は、さらに富永を深い憂うつと悔悟のふちに追いこんだ。最終的にこの問題は、富永の両親までがのり出してS夫妻と話し合い、けっきょく富永が高校を中退するという形での解決をみるのだが、相手が離婚するなら結婚したいという気持ちにまでなっていた富永は、H女の「ただのお友達のつもりでお付き合いしておりました」という言葉をきいて絶望的になる。どちらかといえば過保護な家庭に育てられていた富永には、その恋愛（むろん初恋）の不完全燃焼、学業の挫折、定住まで考えていた仙台から帰京せざるを得なくなった蹉跌は、その後成人してからの富永の人格形成に大きな影響をもたらしたことはまちがいないだろう。

もっともそのぶんだけ、富永の詩画表現への情熱はたかまり、もともとわが子の芸術家志望には賛成だった両親をよろこばせた。父謙治、母園子は、幼い頃からの太郎の図画（武者絵、軍艦、兵隊などを描いたデッサン）や、作文や日記のノートをきちんと整理して保存していたほどだった。

大正十一（一九二二）年二十一歳、一月銅版「自画像Mauvais T.」。三月十八日「影絵」、二十八日「無題（月青く人影なきこの深夜）」。

四月、東京外国語学校仏語に入学。同月、「大脳は厨房である」、二十五日、「ボードレール港」（七月改訳）、五月七日、同「酔へ！」、十一日、同「ANY WHERE

OUT OF THE WORLD」、七月十三日、同「窓」。

九月、「無題（ただひとり黎明の森を行く……）」。十月、仙台旅行、「火葬場」。十一月二十七日「無題（幾日幾夜の……）」。この頃、「横臥合掌」か。不眠症昂ず。

大正十二年二十二歳、三月、出席日数不足のため外国語学校落第。以後、事実上休学となる。四月「ゆふべみた夢（Etude）」「即興」「晩春小曲」、ボードレール「或るまどんなに」。この頃より大森の画塾「川端研究所」、「菊坂絵画研究所」に通う。この年、油彩「フリージア」、デッサン「静物」「自画像」。五月二十三日「警戒」、二十四―三十一日「忠告」、「熱情的なフーガ」（初稿）。水彩「万国旗のある風景」この頃か。ボードレール「人工天国」を訳し始む。三月、「美しき敵」、七月、「俯瞰景」「癲狂院外景」。八月、油彩「Mme M. et sa fill（M夫人とその娘）」「Coin du Jardin（庭の隅）」（六―八月）。

同月、ボードレール「午前一時に」。上海行きを計画す。木版「クリスマス・ローズ」、「窓」「komposition」「promenade」この前後か。

十一月十九日、神戸出帆。二十二日、上海着。呉淞路二〇三九に宿泊。画家秋田一義一を識る。画塾に通う。

大森の「川端研究所」に通ったあと、本郷の「菊坂絵画研究所」にゆくとあるが、両所とも多くの異才を輩出した名門塾だった。富永は東京外語学校の仏語科に入学し、相変らずボードレールの詩訳に没頭するのだが、やはり本命は絵の制作にあったように思われる。そのことは僅か一年そこそこで出席日数不足により外国語学校を落第してしまうことからも察せられるだろう。

そして、とつぜんの上海ゆきは、明らかに仙台での人妻H・Sへの失恋の傷からのがれる意味をもっていたろう。当時友人にあてた手紙には、「永住するつもりで出かける」「むこうで定職を得ようと思っている」という抱負が語られていたというが、そのころ親交が生じていた「M夫人とその娘」（これも富永の油彩画のなかでは傑作のうちに入っている作品だ）のモデル田村たつ子（当時は村田美都子といった）に対する淡い恋心が、上海ゆきへの衝動をかきたてたとの説もある。田村たつ子は十歳ぐらい年上の女性で、富永は本郷の「菊坂」に通う行き帰りによくこの女性のところに立ち寄ったとされている。H・S女との失恋の傷を癒すための「つかのまの恋」だったという受け取り方もある。

大岡昇平編による「年譜」はさらにこうつづく。

大正十三（一九二四）年、二十二歳一月、自活の見込みなく帰国を決意。二月三日、神戸着。同月「画家の午後」、ボードレール「芸術家の告白祈禱」。画家として立つ志を立て、再び「菊坂絵画研究所」に通う。三月、「煙草の歌」、四月、油彩「曲馬団の子供」。「富ヶ谷風景」「自画像」「コンポジション」も此の頃か。未提稿「原始林の縁辺に於ける探検者」「手」もこの頃か。

七月、「橋の上の自画像」。八月「PANTOMIME」、九月、水彩「Souvenir de Shanghai（上海の思ひ出）」を正岡忠三郎に贈る。油彩「上海の思ひ出」「門番さん」もこの頃か。立命館中学在学中の中原中也を識る。下旬、小林秀雄より同人雑誌『青銅時代』加入を勧められる。

ちみつな大岡調査によって、死の前年までボードレールの翻訳、油彩画の制作にうちこんでいた富永太郎の姿がうかんでくるが、あちこちに「この頃か」という不確定な表現がでてくるのは、片眼が異様に大きく見開かれた「自画像」をはじめ、「上海の思ひ出」「門番さん」「富ヶ谷風景」「コンポジション」といった富永の代表的な油彩作品が、立てつづけにこの時期に描かれたという結果でもあったろう。また、この一年のあいだに、富永の生涯に大いなる影響をあたえた中原中也や小林秀雄らと出会ったというのも、何か富永に最初からあたえられていた文学的宿命といえるものだったかもしれない。

今になって思い出すのだが、大岡さんはとりわけ片眼肥大の「自画像」を高く評価され、私が大岡邸へ行くとかならず応接間には、富永家から預かっているというその「自画像」がかかっていた。たしかに馬糞紙《ばふんし》とよばれる薄褐色の厚紙に描かれたその片眼肥大の「自画像」には、どこか見る者の胸を烈しくゆさぶってくる何かがあった。大岡さんと歓談中、私はいつも富永太郎のその異様な大きな眸《め》に睨みすえられている気がして、なんだか落ち着かなかったものだ。それと、画面中央下に白いパイプが描かれた「コンポジション」という絵も大岡さんのお気に入りだった。「パイプ」は富永の代表詩「秋の悲嘆」にも出てくる象徴的なモチイフで、「私はただ微かに煙を挙げる私のパイプによって生きる」の一行が印象的だったし、もう一つの代表詩「橋の上の自画像」の冒頭も、「今宵私のパイプは橋の上で狂暴に煙を上昇させる」という一行からはじまっている。

大岡さんはどうやら、そこに富永太郎の「詩人画家」としての本質をみていたようで、

「絵にしても詩にしても、富永にとってパイプというのは性的なシンボルとして扱われていたふしがある」

というのが持論だった。

大正十四（一九二五）年二十四歳、一月上旬、「鳥獣剝製所」。二月、「四行詩（琺瑯の野外の空に……）」「頌歌」「恥の歌」「四行詩（青鈍たおまへの声の森に……）」。二十二日、第二回喀血。三月、母親と共に神奈川県片瀬に転地。

五月一日「山繭」第六号に「断片」発表。三日、代々木富ヶ谷の家へ帰る。月末、肋膜炎併発。
七月「Au Rimbaud」「ランボオへ」。十月二十五日大喀血／十一月五日、危篤。十二日午後一時永眠。

「大岡年譜」は、ここでついに富永太郎の生の終焉をつげるのだが、いかに富永太郎という詩人画家が最後まで詩と絵の制作に全精力を傾注していたかが手にとれてわかる。母親園子が付き添って片瀬の海辺近くの別荘で肺結核の転地療養に専念したのも、両親ともども富永の芸術家としての大成にまだまだ期待を抱いていたという証拠だったろう。しかし、片瀬から富ヶ谷の自宅に帰ってまもなく肋膜炎を併発し、十月末に大喀血、二十四歳の生涯を静かに閉じるのである。

大岡さんの書かれている『富永太郎詩集』（一九四九年、創元選書版）の解説には、「最後の時間、少なくとも太郎の意識では、これは自殺であった」としるされ、「常に自己を失ふまいとする勇気と忍耐を持つ人々にとつて、富永太郎の詩句はいつまでもその親しい行動のリズムを伝へて止まないであらう。太郎の霊よ安かれ」という最大級の賛辞をもって多感にして怜悧だった二十四歳の詩人画家の最期を見送っているのだが、たしかに富永の人生には自らの「精神表現」にむかって真一文字につきすすんでいった純粋さがみられたことはじじつのような気がする。

その自己表現に立ちむかう魂の純粋性、一貫性においては、私の愛する詩人画家村山槐多の境涯もまたそれに匹敵するものだったと思う。私は大岡さんほど富永太郎と村山槐多の絵や詩に共通性を見い出す者ではないけれども、大岡さんが没後の富永太郎の書棚に『槐多画集』が収められていたことを大変重視し、「富永の意識の底には自分とほぼ同年で亡くなった槐多の存在があったことはたしか」と断定され、また「槐多のデカダンとシニシズムにあふれた詩画への共感が、逆に富永の詩画の精神性をふかめる力になったのではないか」とのべられている点には、じゅうぶん納得できるのである。

ところで、大岡さんはなぜこうまで富永太郎の芸術と人生を追及し、その人間に関心をもつにいたったのだろうか。

じっさい、大岡さんは生前の富永太郎とは会っていない。

大岡さんご自身の年譜（二〇二〇年、県立神奈川近代文学館でひらかれた「大岡昇平の世界」展カタログ収載）によると、大岡さんは一九二五（大正十四）年十二月に、青山学院中等部から成城第二中学校（翌年、成城高等学校に改称）四学年に転校編入され、そこで富永太郎の弟次郎と出会うのだが、その前年の十一月にすでに兄太郎は亡くなっていたので、太郎の生前の人となりについての情報、詩や絵に関する資料、書簡などはすべて弟次郎からもたらされたものであった。つまり、大岡さんは僅か十六歳のときに、自らのライフワークともなる富永太郎の存在を識《し》り、文字通り半生におよぶ歳月をかけてその夭折詩人画家の足跡を追いつづけることになるわけだから、それもまた一文学者としての「運命的」、かつ「宿命的」な出会いであったといえるのかもしれない。

また、同時期に交友がはじまった小林秀雄からフランス語の個人教授をうけたり、小林をつうじて知った中原中也や河上徹太郎、同級だった正岡忠三郎、その他東大仏文系の仲間たちとの交流も大きく大岡さんの文学観に影響した。とりわけ中原中也に対する思い入れはつよく、それに対峙するかたちで富永太郎の詩画が、大岡さんの「人間と芸術」「人間の自己表現」という恒久的な研究テーマを掘り下げてゆく一つの好材料となったことはたしかなような気がする。

多くの研究家が口をそろえるところだが、文学者大岡昇平には『俘虜記』や『野火』、『レイテ戦記』に代表される自らの捕虜体験を材にした戦記文学、『武蔵野夫人』や『花影』、『来宮心中』に象徴される恋愛小説、そしてその二つの領域をむすぶ結点としての『幼年』や『少年』といった自叙伝的作品の三つの領域があるのだが、その三領域のいっさいを包含していたのが、中原中也、富永太郎への傾倒だったのではないかとみる者も多い。

そう、大岡さんは自らの文学から無意識的に取り残されたもの、省かざるを得なかったものを、中原中也と富永太郎という二人の詩人の仕事に見出そうとしていたのではなかろうか。

私にとっては忘れることのできない、大岡昇平先生が急逝される約一ヵ月前の、一九八八（昭和六十三）年十月から渋谷区立松濤美術館で開催された「富永太郎展」の初日に行なわれた記念講演「富永太郎の詩と絵画」でも、大岡さんは自分がいったいどんな気持ちでこの夭折の詩人画家の仕事に近づいていったかについてかなり正直に語られていた。この講演の内容は、大岡さん没後の一九八九年十月に岩波書店から出た先生最後のエッセイ集『昭和末』に収録されているので、何ども読み返すことができる。

たとえば、少しムツカシイところもあるけれども、大岡さんの絵画鑑賞にかける徹底した「実物主義」について――。

絵は第一、オリジナルを見なければだめです。一九五一年に文学者のアンドレ・マルローに「沈黙の声」という本がありますけれど、これが画期的な本でした。マルローは自家用の飛行機を持っていて、オリエントとかインドとか、みんな実物を見て回って、本を書いたわけです。

私が最近読んで感心したのは吉田秀和の『セザンヌ物語』です。吉田は音楽批評家ですが、外国へ行く機会があるので、セザンヌの原画を方々の美術館で見て歩いた。絵を画家の側から作品が生産される現場を書いているのです。それでも彼はその本を「物語」と称した。絵も文学も同じ芸術ですけど、それほど互に要約不可能な部分を持っているのです。

（略）

なんだかんだ、僕は怖くなっちゃって、前にゴッホの複製について自分の感じたことなんか、ちょっと短文を書いたことがありますけれども、その後喋っていないんです。ただ富永の絵については現物を見ております。デッサン帖も残っています、彼の画と詩についてときどき喋ったりなんかしております。

私の立場は非常に便宜的な、相対的なもので、画作品それ自身についてはさしあたり記述は相対的でもいいのです。富永は詩人でもあります。絵画の特徴はそれ自身として捉えなければならないが、詩の方との関係を考えればさし当りいいわけです。ずるいといえばずるいんですけれども、その範囲内できょうはお話したいと思います。

絵画とは何か、芸術とは何か、これはクローチェの前世紀末の定義した、直感、いわく名づけ難い感覚——これはカントの『判断力批判』からあるものです。「初めのイメージありき」で、人間は言葉でものを喋る、ほとんど同時に、あるいはそれより先に、絵を描いて示した。

語り始めの「絵はオリジナルを見なければだめ」というのは、敬愛する先輩であり友でもあった小林秀雄が、ゴッホの「カラスのいる麦畑」についてのべた文章が、本物ではなく複製画をみて書いたものだったという点を（これは有名な話だが）、大岡さんなりにやんわりと皮肉った言葉ではなかったかと想像するのだが、それよりも私には、最後の「絵画とは何か」、「初めのイメージありき」、「人間は言葉でものを喋る」「それより先に絵を描いて示した」という言葉のほうが印象的だった。

この渋谷区立松濤美術館で行なわれた記念講演の日、私は大岡さんの鞄持ちでご長男の貞一さん夫妻と同行させていただいていたので、このときのお話の一言一句ははっきりと憶えているのだが、とくに大岡さんが力をこめて語られたのがこの後半の部分だった。そしてそのとき、大岡さんはこんなふうに富永太郎とご自分の距離について語られていた。私の名も出てくるのでちょっと恥かしいのだが、それも書き写すと――。

私は、実は弟の富永次郎と同い年で、成城学園中等部で同級になりました。私の家はこの松濤美術館と同じブロックの対角線のところにあり、富永家はこの館の前の通りを五百メートル西へ行ったところ今の神山町二―二番地にあった。

私が次郎と知り合ったのは、太郎が死んだ十一月十二日からまだ一ヶ月もたたない十二月の上旬だった。次郎は太郎の書斎を占領していたけれど、今から考えると、太郎の死んだ後の雰囲気が、まだ富永家にありました。そこらにかかっている絵は太郎の末期のもので、「門番さん」、油彩の「上海の思ひ出」「富ヶ谷風景」。それから今は失くなってしまいました「四十二ヶ国の子供」が書斎にかかっていた。

（略）

来年『富永太郎全集』が三巻出ますので、この松濤美術館で「富永太郎展」やれないかと直談判に来ようと思っていました。信濃デッサン館の窪島さんにちょっと打診してみてくれと頼んだところ、すぐ今年の十月にやろうということになったのです。

この松濤美術館の位置は、私が十二歳から二十二歳まで住んでいた家から三十メートルぐらいしか離れていないので、昭和二年に家蔵版『富永太郎詩集』が最初に出たときには、十七篇ですぐ読めますから、十八歳の私は一日に一度全部読んでいたわけです。それから小林秀雄の『『悪の華』の一面」の、「創造の先端には批評が座っていなければならない」という理論ですね。これはボードレールがいい出したんですけれども、それを強く響かせたわけです。批評の独立、私は当時批評家になろうと思っていました。これも毎日一回読んでいた。富永が死んだ家が一キロと離れていない。そこで七十九歳の私がいまだ富永について喋っている。少し感傷的になっています。

ここでは、ご自身の住んでいた居宅が松濤美術館とも、富永家ともほんの半キロの範囲内という近さにあった偶然、そして太郎が死んで一ヵ月もしてない富永家に、何ども級友の次郎を訪ねて出入りしていたという成城学園中等部時代に、大岡さんがいかに徹底的に富永の詩画を見つめ、分析し、文字通り富永太郎の「批評家」にならんとしたかが語られている。しかもそこには、太郎が描いた何点もの絵とともに、歴然と生前の太郎の生きていた匂いというか、重さというか、存在が感じられたという大岡さんの「感傷」が語られ、けっきょくそれが大岡さんがその後七十九歳まで「富永太郎」を読み、書き、追及する契機となったということが告白されているのである。（私もそうだけれども）ふつう一人の人間が一人の画家や詩人に惹かれるきっかけは、展覧会を観たり画集や詩集と出会ったりすることから始まるのが相場なのだが、大岡昇平と富永太郎の「距離」は、その居住地の近さをふくめて、最初からあらかじめ宿命的に用意されていたのものだったのではないかとさえ感じてしまう。

私には、人一倍こういう人間と画家との出会い方に関心をもつ傾向があるので、あの日松濤美術館で聴いた大岡さんの講演は今でも忘れることができない。

しかし、それにしても、と腕を組む。

なぜ大岡さんがあれほど熱望し執念を燃やしていた『富永太郎全集』は刊行されなかったのだろう。大岡さんは松濤美術館の講演で、はっきりと、来年（註・一九八九年）『富永太郎全集』全三巻が出ますので、と仰っている。松濤美術館における「富永太郎展」は、その刊行が決定したうえでの記念展覧会であると明言されている。それが大岡さんの突然の死によって、すべてがポシャッてしまった。そんなことがあるのだろうか。

私はそこに、何となく芸術のもつ希望と絶望の二つを見る気がしている。一つは、一人の画家の誕生はその画家を愛する者の手によってしか実現できないということ。つまり、富永太郎は大岡昇平という作家の眼によってのみ発見され、大岡昇平という伴走者の存在なくしてはこの世に出ることのできなかった画家なのであり、もっというなら富永太郎は、「大岡昇平という作家が愛した画家」としてのみ今生に足跡をのこし得た画家だったのではないかということだった。そしてもう一つの「芸術」がもつ絶望は、一人の画家はその画家に対する一人の、あるいは複数の発言者が存在する場合にのみ、この世に生きつづけられるという現実なのだ。「絵は言葉から独立することが許されない」「絵は鑑賞者の心のなかにのみ存在しつづける」――どちらも同じ意味だと思うのだが、これはとりわけ「絵画」という芸術が、最後まで「言葉」という呪縛からのがれることができないという宿命を物語っているといっていいのではなかろうか。

エッセイ集『成城だより』にもたびたび登場する場面だが、私は成城の大岡邸で何どかK書店の女性編集者であるIさんとお会いしている。Iさんは先生お気に入りの『富永太郎全集』の担当編集者だった。私たちは出版される全集の内容や、そこに収録される絵について、それほど多くはなかったが熱心に意見を交換したものだった。でも、けっきょく刊行は実現しなかった。くやしくてならない。すべては大岡昇平という作家が、その業半ばにして突然の死に見舞われたことに因があることは理解しているのだが、それにしてもあまりに刊行中止は残念だ。私いじょうに、早くから大岡さんと富永の原稿の整理や編纂作業に取り組まされていたIさんだって同じだったろう。私は今からでも、大岡昇平が富永太郎に関して書かれた文章、資料をあつめ直し、大岡さんの視点で捉えた富永太郎という夭折詩人画家の全業を世に問いたい思いでいっぱいなのである。

その点、わが村山槐多は幸運であったといわねばならない。槐多が流行性感冒で没したのは一九一九（大正八）年の二月だったが、翌々年槐多を信奉する多くの画友たち、山崎省三や山本鼎らの手によって『槐多の歌へる』『槐多画集』が立てつづけに刊行され、万余の槐多ファンの期待にこたえた。まだその頃渋谷道玄坂下の婦人服の生地屋につとめていた十七歳八ヵ月の私が、初めてこの詩人画家を識《し》ったのも、この二冊の本との出会いによってである。この本と出会っていなければ、私の「槐多狂い」の人生はあり得なかったし、信州上田に「信濃デッサン館」が誕生することもなかったのである。

大岡さんは最後まで、富永太郎の書棚に村山槐多の画集があったことに拘泥されていたそうだが、それはある意味で、富永太郎の仕事が槐多の仕事と同格、あるいはそれいじょうに評価されるべきだという信念にもとづく考察だったのかもしれない。一九八八年十二月二十五日夕刻、大岡邸で大岡さんのご遺体と対面したとき、私の眼のすみをチラリとかすめた先生の書斎の仕事机の上に置かれていた一冊の富永太郎の画帖は、あの日から三十余年をへた今になっても私の瞼ウラから消えることはないのである。

◉枕頭の一書

『富永太郎画帖』（『富永太郎詩画集』〈大岡昇平編　求龍堂　一九七二年　限定八百部〉）

＊大岡昇平が資料としていたのは、この『富永太郎詩画集』に収録されていた作品以外のデッサン、水彩等の小品を綴じた自製の画帖とみられる。

・「枕頭の一書」への手引き

『成城だより』大岡昇平著（文藝春秋　一九八一年、のち中公文庫　二〇一九年、『大岡昇平全集22』筑摩書房　一九九六年）

『昭和末』大岡昇平著（岩波書店　一九八九年）

『槐多画集』アルス　一九二一年

『富永太郎――書簡を通して見た生涯と作品』大岡昇平著（中央公論社　一九七四年、『大岡昇平全集　第10巻』中央公論社　一九七一年）

秋山　駿

——『中原中也詩集』

文芸評論家秋山駿さんとのお付き合いも、世田谷成城町の大岡昇平さんのお宅で毎年ひらかれていた「新年会」に私が招かれていたのがきっかけだった。大岡さんの章でものべているけれど、その宴に出席していたのは大岡さんの、論敵でもあり盟友でもあった埴谷雄高さんはじめ、本多秋五、辻邦生、大江健三郎といったいわゆる「戦後文学」の主流をあるく錚々たる文学者たちが中心だったのだが、そこに秋山さんも姿をみせられていたのである。

その後、秋山さんが私の古くからの知友であった信州須坂の浄土宗の名刹浄運寺の住職小林覚雄師（故人）と姻戚関係（母上が同寺の三女だったそうだ）にあったことから、急速に親しくなり、毎夏同寺でひらかれていた「無明塾」という講演会（この催しは小林住職が亡くなるまで二十五年間つづいた）に中野孝次さんや加賀乙彦さんらとともに私も講師として加わるようになって、いっそう秋山さんとの交流は深まった。

もう、あの頃から二十年いじょうもの月日が経っているのだが、毎回「無明塾」が終ったあと、まだお元気だった小林住職に連れられて長野の町にながれ、美味しい食事処で一献、二献かたむけながら文学を語り人生を語ったひとときは、新参者の私にとっては本当に楽しく勉強になる一夕であったことをなつかしく思い出す。

その秋山駿さんの著作に「死」の意識が色濃くただよいはじめたのはいつ頃からだったろう。代表作かつベストセラーともなった『信長』をはじめ、『舗石の思想』『砂粒の私記』など、あちこちの文芸誌に旺盛に書評やエッセイを発表し、そのかたわら東京農工大学や武蔵野女子大学で教鞭をとられ、またいくつもの文学賞の選考委員や、朝日カルチャー教室の講師までなさっていた秋山さんが、二〇〇四年（七十四歳）の暮れに急に体調を崩し、東京医科歯科大学附属病院で「胃ガン」の腹腔鏡手術をうけたあたりから、その文章に「死」とか「生」とかいった言葉が多く登場するようになった気がする。秋山さん自身がガンを患っただけでなく、ちょうど同じ時期に、装丁家だった奥さんの法子さんが重い帯状疱疹にかかって床につき、秋山さんが自らのガン治療と執筆活動のかたわら法子さんの介護にも当らなければならなくなった頃である。

執筆や対談や座談会のテーマにも、「死」や「戦争」がさかんに取り上げられるようになり、小川国夫や吉村昭といった親しい文学者の死への追悼文にも、故人をしのぶというより自身の「死生観」を語る文章が目立つようになった。

秋山駿さんが八十三歳の生涯を終えられたのは、二〇一三年十月二日のことで、慢性硬膜化血栓や食道ガンなどで何回も東京医科歯科大学附属病院への入退院をくりかえしたのち、急激な悪化によって緊急入院した田無病院で息をひきとられたのだが、その二ヵ月後に出版された『私の文学遍歴――独自的回想』では、こんな最晩年の秋山さんの「死」に対する感想が語られている。

――体が弱くなってくるのも、死に対する考え方が変わるのに影響があると思うよ。

死の準備というか、老いていくことにも、ちゃんと理由があるんだね。「死」というのは、いくら本を読んでも、他人の死を見ても分からないものさ。どんなに大切な人が苦しんでいても、そのほんとうの痛みは分らないで、うろたえてしまう。自分が死に近づいて初めて、おぼろに分かってくる。

ただ、この他人の死や苦しみを考えるというのも、大切なことだと思う。私も連れ合いが長いこと帯状疱疹から肋間神経痛を患っていて、その苦しみを見ているが、それに対して何もできない自分がいる。これは、辛いもんだよ。痛くて苦しくて「殺してくれ」と言われても、まさか殺すわけにはいかないだろう。ただ、見ていて耐えるしかないんです。

もしかしたら自分の「死」よりも大切な人の苦しみや「死」を、耐えてじっと見ているほうが、辛いかもしれない。小林秀雄も中也をそのように見ていたのかもしれないね。

（略）

もちろん、若いときにも「死」は考えるさ。私も子どもの頃には大病をしたり、いくども大きな手術をしたり、母親も早くに失っているから、だいぶ「死」に近かったが、いま思っているようには、まったく考えなかったな。
「死」を考えなかったわけじゃない。でも考えても、もっと観念的で、死ぬこと自体を考えることはできなかった。病気とは言っても、まだ体は健康だったし、やはり「生」のほうが重要だったからね。当然ながら、生きたいという気持ちが強かったんだ。

だから、「死」は怖い、死にたくないと思う。若いときにはいつもそうで、生きたいという思いが強くって、どうしても「生」の反対として「死」を考える。それが、ある年齢になって、死ぬことが近づいてくると、少しずつ考えが変わってくるんだな。

自身の病に加え妻法子さんの介護もあったので、ここに語られている秋山駿さんの「死生観」はきわめて真ッ正直で、てらいのない「死」についての感想である。つづめていえば、若い頃はそんなに深刻に「死」について考えてはいなかったが、こうして自分も妻もいつあちらの世界にゆくかわからぬ歳になってみると、これまで考えていた「死」よりも何倍もリアルに「死」のことを考えるようになったと語っているのである。

ただ、この文中でみのがせないのは、やはり「自分の『死』よりも、大切な人の苦しみの『死』を、耐えてじっと見ているほうが、辛いかもしれない。小林秀雄も中也をそのように見ていたのかもしれないね」という部分だろう。

秋山駿さんが、論壇にデビューした頃から人一倍中原中也に傾注していた評論家であり、当時その中也研究の先駆的位置にいたのが、「批評の神様」といわれた小林秀雄であったことを知る人は多いと思う。中也といえば、一九〇七年、山口県吉敷《よしき》郡下《しも》宇《う》野令《のりょう》村（現・山口市湯田温泉）に生まれ、二人の幼い弟の死をきっかけに詩作を開始し、『山羊の歌』『在りし日の歌』といった名詩集をのこして三十歳で夭折した詩人だ。そしてその小林秀雄、富永太郎、中原中也とつづく同心円的（?）系譜に、もっとも早く関心をしめし追及していたのが秋山駿さんの敬愛する大岡昇平であり、その大岡さんに優るとも劣らぬ中也信奉者の一人が秋山さんだったのである。

秋山駿さんが『私の文学遍歴』で語っている通り、小林秀雄にとって中也の死は、ほとんど自らの死に匹敵するほどの衝撃と悲嘆をともなうものだったのだろう。一九〇二年、東京市神田区に生まれた小林秀雄は府立一中をへて一高文科に入学、その後作家を志して東京大学文学部仏文科にすすんだ時期に、富永太郎、中原中也、河上徹太郎らと出会い親交を深める。なかでも、中也の早熟な詩才は小林のその後の文学人生に多大な影響をあたえた。そして同時に、当時まだ十七歳だった中也が高橋新吉の「ダダイスト新吉の詩」にすっかりイカレてしまって（新吉のどの詩に魅了されたのかは不明だが）、自らを「ダダイスト」とまで称しているのを知った小林秀雄は、富永太郎をつうじてフランス近代詩（アルチュール・ランボオやヴェルレエヌなど）がもつ魅力を中也に伝えるのである。そうした小林秀雄、富永太郎、大岡昇平経由で伝えられた「中原中也」の存在に、己が人生の「死生観」を見い出した一番若手の文芸評論家が秋山駿さんだったのだと思う。

「自分の『死』よりも、大切な人の苦しみや『死』を耐えてじっと見ているほうが、辛いかもしれない。小林秀雄も中也をそのように見ていたのではないか」という述懐は、ある意味で秋山駿さんにとっての中也の死もまた、それと同量の重さをもつものだったという告白だろう。

そうした秋山駿さんの『私の文学遍歴』を読んで、私はかなり確定的に秋山さんの枕頭の一書は、『中原中也詩集』であったにちがいないと思ったのだが、私は秋山さんの臨終に立ち合ったわけでも、秋山さんのお宅（秋山さんが二十九歳のとき結婚していらいずっと練馬区ひばりが丘の公団住宅で暮されていたことは有名だ）や仕事場を拝見したこともなかったので、そう簡単に秋山さんが最後まで手元に置いておいた本が『中原中也詩集』であると断定するのにはためらいがあった。だいたい秋山駿さんの職業は文芸評論家だったのだから、数え切れないくらい多くの書物や作家にかこまれて生活しておられたわけで（近所に一万冊をこえる書物を収蔵する専門のアパートを借りていたほどだったという）、そう考えると尚更なのだった。

しかし、秋山さんが最後までもっとも気にかけていた詩人が中原中也であることは、秋山さんの死直後に出版された遺稿エッセイ『「死」を前に書く、ということ――「生」

の日ばかり』(二〇一四年、講談社)を読んでもはっきりわかるのである。

じつはこの本に先立つこと二年前、つまり秋山さんが亡くなる約二年前に同じ出版社から出た『「生」の日ばかり』(二〇一一年七月、講談社)を読んだときにも、私は秋山さんが文学にもとめつづけてきた永遠のテーマは、人生の最後まで追いつづけていた詩人中原中也のなかにあったのではないかと思ったのだが、その遺稿エッセイの続篇として著者の死後に出版されたこの『「死」を前に書く、ということ――「生」の日ばかり』を読むと、いっそう文芸評論家秋山駿の内部にあったまっすぐでウソのない「中原中也」像がうかびあがってきたのだった。

秋山駿さんの死去をはさんで刊行されたこの『「生」の日ばかり』全二冊は、長く文芸誌「群像」に連載されていたものを纏めた本だったのだが、亡くなったあとに出た『「死」を前に書く、ということ』の最終回(「群像」二〇一三年四月号)は、こんなふうな秋山さんの中也への万感をこめたオマージュ、同時に自らの「生」との決別を宣言する言葉でしめくくられている。それはさしずめ、秋山駿という評論家が、中原中也との対話を介して、自らに生じた「死」との親密な関係、あるいは日常に何気なくかくされた「死」の意識を告白しているかのようでもある。

昼間、三角机から外の景色を見ていた。沢山の洗濯物、家々、その屋根、その窓、通る車。――つまり、外の世界があり、外の生活があり、「暮らし」があった。それを見ながら、わたしに一言、言いたいことがあった。――「さようなら」。するとと、心の奥から、いや、それではいけない。こういう場面にふさわしい、もっとちゃんとした言い方があるはずで、おまえは、その言葉を、ずっと以前に決めていたはずだ。

それは、そうだった。うっかりしていた。中原中也を探してみよう……。

僕は此の世の果てにゐた。陽は温暖に降り洒《そそ》ぎ、風は花々揺つてゐた。
木橋の、残りは終日、沈黙し、ポストは終日赫々《あかあか》と、風車を付けた乳母車、いつも街上に停つてゐた。
棲む人達は子供等は、街上に見えず、僕に一人の縁者《みより》なく、風信機《かざみ》の上の空の色、時々見るのが仕事であつた。

　さりとて退屈してもゐず、空気の中には蜜があり、物体ではないその蜜は、常住食すに適してゐた。

　煙草くらゐは喫つてもみたが、それとて匂ひを好んだばかり。おまけに僕としたことが、戸外でしか吹かさなかつた。

　さてわが親しき所有品《もちもの》は、タオル一本。枕は持つてゐたとはいへ、布団ときたらば影だになく、歯刷子《はぶらし》くらゐは持つてもゐたが、たつた一冊ある本は、中に何も書いてはなく、時々手にとりその目方、たのしむだけのものだつた。

（下略）

（「ゆきてかへらぬ」—京都—）


風景が、一幅の絵のようなものになっている。しかも、風景が、時よ、此処で、このまま停まれ、とでもいうかのように、一種の完成というか、永遠性を浮かべている。だから、中原が、この風景に向かって、腕を振って「別れ」を叫んでくれるとよかったのだが、そう都合よくはいかない。実は、「下略」として隠してしまった詩の部分で詠われているのは、「希望」なのだ。
わたしは、中原が、「さようなら」というところ、何かもっと別の言い方をしていたと思っていたので、『中原中也詩集』のあちらこちらを探してみたが、見当たらなかった。

小林秀雄に、「先日、中原中也が死んだ。」という文章がある。そこで、中原が孤独病を患って死ぬのには、「どのくらいの抒情の深さ」が必要であったか。その見本の一つとして、「六月の雨」を掲げていた。
十四行詩の後半の二連は、次のようだ。

お太鼓叩いて　笛吹いて
あどけない子が　日曜日
畳の上で　遊びます

お太鼓叩いて　笛吹いて
遊んでゐれば　雨が降る
櫺子《れんじ》の外に　雨が降る

読んで、わたしは立腹した。中原にはもっと秀れた詩が沢山あるではないか。なぜ、こんな「子供気分」を見本にするのか。小林の詩眼はおかしいではないかと、文句を付けた。

だが、いま思えば、この詩は、児童としての中原の処へ、真っ直ぐに降りている。小林は、中原が大切にしていた児童としての顔を、肌身で感じていたのではないか。

（二月六日　水曜日）

発見した。何を？
わたしが心打たれた「さようなら」という言葉の、最初のかたちを。
発見したとき、わたしは思わず、――命の不思議、――生きる不思議、――現実の不思議の、三連発に胸を撃たれた感じで、しばらく、茫然と恍惚の中にいた。

なにしろ、その言葉は、十六歳だったか、題名も作者も知らず、古本屋の棚から抜き出した文庫本を、家に戻って、真ん中からパンと広げる、最初の、そのページにあったものだ。

あゝ、季節よ、城よ、
無疵な心が何処にある。

俺の手懸けた幸福の
魔法を誰が逃れよう。

ゴオルの鶏の鳴くごとに、
幸福にはお辞儀しろ。

俺はもう何事も希ふまい、

命は幸福を食ひ過ぎた。

身も魂も奪はれて、
何をする根もなくなつた。

あゝ、季節よ、城よ
この幸福が行く時は、
あゝ、おさらばの時だらう。

季節よ、城よ。

（ランボオ『地獄の季節』小林秀雄訳）

この、「あゝ、おさらばの時だらう。」という言葉を、言い方を、わたしは探していたのだ。
おもしろいことに、その言葉は、新しく文学に眼覚めての最初の瞬間、第一の瞬間に、心打たれ、心に刻まれたものだった。
命のサイクルとは、こういうものか。
「さようなら」を言おうとして、つまりは、一つの命の出発点へと、戻ってきたのだ。
（二月十二日　火曜日）

長々とした引用になったが、これを読んでおどろくのは、秋山駿さんにとって中原中也は「枕頭の書」の詩人であったばかりでなく、自分の「生」に別れをつげる言葉として出かかった「さようなら」に変わる表現を、中原中也の詩のなかに探し出そうとしていたことだ。いいかえれば、中也に自らの「さようなら」を代弁させようとしていたことだ。とくに自らの死を約八ヵ月後にひかえた二月十二日に書かれたこの「発見した。何を？」からはじまる一節には、秋山さんが生きた八十三年の人生が命の出発点にもどったという実感を伝えていて泣きそうになる。
いつものアパートの仕事部屋の窓から、ぼんやりと眼下にひろがる郊外風景を見ていたとき、秋山さんはふいに一言「さようなら」という言葉を口にしそうになる。こ

の頃の秋山さんは末期の食道ガンで入退院をくりかえしていて、ほとんど歩行困難の状態にあったという。そんな自らの死期がすぐそばまでやってきていたある日の昼下がり、秋山さんはとつぜん自分の身辺をとりかこむ「日常」「世間」「社会」にむかって「さようなら」という言葉を発しようとする。しかし、その瞬間「さようなら」よりもっと秋山さんを納得させ満足させる別れの言葉が、かつて読んだことのある中原中也詩集のどこかにあったような気がし、最期の力をふりしぼってその言葉を探し出そうとするのだ。

　これを読むと、中原中也と秋山さんの関係は、私が前のほうで富永太郎、小林秀雄、中原中也、大岡昇平という同心円的系譜の一番若手などと紹介したのは大きなまちがいだったことを知らされる。確かに年齢的にいえば、その順番で良いのだが、秋山駿という評論家は論壇に登場した半世紀近く前から（最初に書いた評論『小林秀雄』で「群像」新人賞を受賞した頃から）、中原中也を一つの核として評論活動をつづけてきた人だったのではないかということに気づかされるのだ。

　そういえば、秋山さんは死の直前の『私の文学遍歴——独白的回想』のなかでも、何どか小林秀雄や大岡昇平の「中也論」にタテをつく文章を書いている。タテをつくというか、やんわり反論している。成城の大岡邸での「新年会」ではいつも末席にすわり、他の人の話をききながらチビリチビリと飲んでいるだけで、めったに大岡、埴谷、中野さんたちの話の輪には入ろうとせず、大抵はふんふんと相槌をうっているだけだった秋山さんなのだが、じつは腹のなかではこんなことを思っていたのかとびっくりしてしまう。

たとえば、『私の文学遍歴』にはこんな独白もある。

こんなふうに中原中也に出会って直接影響を受けた人たちを、考え直すのも面白いと思いますよ。大岡昇平は詩が分かっていなかったから、中也のことは、ほんとうは理解できなかっただろうね。むしろ、中也を世間に誤解させたひとりだな。

小林秀雄は中也とはいちばん親しかった友人で、生涯中也の影響を受けていたから、いま私が読んで感じることなんかも、分かっていたんじゃないかね。ただ、それをどう表現していいのか、悩みつづけた。そしていつも、自分は中也には勝てないという気持ちに苛まれていたんじゃないか。

中也は詩人だから、物事を一瞬につかんで、もっとも的確な言葉にする。一方、小林は批評家だから、そうはいかない。まったく土俵が違う。しかも、中也の詩は読めば読むほど、新しい側面が見えてくる。わずか三十歳で死んだ人間が、そんなものを残しているんだから、付き合うほうは、たまったもんじゃないね。

しかし、そんな中也と心の中で繰り返し付き合うことで、小林は自分の批評を鍛えていったんじゃないか。その意味では、小林にとって幸福なことだったし、やはり中也は凄いなと思うよ。まぁ、ランボーやベルレーヌもそうだが、ほんとうの詩人とは、そういうものじゃないかな。

こうした小林秀雄や大岡昇平の「中也論」に対する様々な感想を抱きつつ、秋山さんは愈々死期の迫ったある日、すがるような思いで中原中也詩集のなかにあるはずの「さようなら」に替わる言葉を見つけ出そうとする。そしてそこに、自分を最初に中原中也に導いた小林秀雄が訳したランボオの『地獄の季節』を見い出し、「あゝ、おさらばの時だらう」というフレーズと出会うのである。

しかも、その本と秋山さんが出会ったのは十六歳のときで、古本屋の書棚から無意識に抜き出してきて（題名も作者も知らず！）、家に戻って真ん中からパンとひろげた最初のページにその言葉があったというのだからおもしろい。小林秀雄訳の『地獄の季節』との出会い、その終りに近い一節にあった一つの詩句との出会いが、秋山さんにとっていかに運命的で宿命的なものであったかがわかって興味深いのである。

そして、ここであらためて思うのは、やはり秋山駿という評論家は一個の「石ころ」を思考の基盤に置いていた人だったのだなということである。

知られる通り秋山駿さんは、つねに自分という人間に路傍の「石ころ」でありつづけることを課した評論家だった。一九六〇年三十歳のときに評論『小林秀雄』で「群像」新人文学賞評論部門を得たあと、約三年の沈黙期をへて、小松女子学生殺し事件（これはちょうど青春期にあった筆者にも大きな衝撃をあたえた事件だった）を主題にした「想像する自由」を発表し、それを三島由紀夫に評価されたことから評論界に再デビューするのだが、その頃に書いたのが『内部の人間』だった。そして、当時日本に満エンしはじめていた「理由なき殺人」についていくつもの論稿を発表する。それらはつねに自らの存在を一つの「石ころ」と認識し、そこから発言し批評するという基本的なスタンスをもった文章だった。それは、この時期からすでに秋山駿の内部に芽生えていたいわゆる「私小説」擁護の姿勢、いってみれば「内向の世代」としての批評眼の熟成を意味するものでもあっただろう。そして、やがてそうした評論群は一九七九年三月から翌八〇年七月まで「群像」に連載された『舗石の思想』へと昇華されてゆくのである。

この秋山さんの「石ころ」思想を、わかりやすく語っているのは、たとえば『私の文学遍歴』におけるつぎのような言葉だろう。

自分が物を考える。生きていくうえでの思考というか、それは道端に転がっている石ころと結びついていたからね。それはさ、人間というのはみんな、道端の石ころと同じものだっていうことだよ。何でかって言うと、社会の秩序がないよ。階級

がないよね。人はみんな同じなんだから……そういうところで、ずっと私は暮らしてきただろう。

―――――


また、死の直前に出した『「死」の前に書く、ということ』ではこうも綴っている。


文化というと、「貴族」の文化ばかりである。わたしは気に入らない。わたしは、石ころ同然の身である。

――――――――――――――


石ころには、石ころの文化が有って、しかるべきではないか。

石ころには、無数の傷を受けての、繊細さがある。

繊細さ、の方が、優美さより、大切なものだ。

―――――――――――――――――


それと、『砂粒の私記』（一九九七年、講談社）にあるつぎのような記述。

――


石ころは、次のような格率をもたらした。

第一に、考えるときには無意味なものから出発すること。

第二に、どんな美しい人より、石ころの不細工な形を上位に置くこと。石ころを美しいと思うのではない。不細工な姿そのままで。

第三に、いかなる金銭の額よりも、石ころを大切にすること。むろん、石ころはダイヤモンドではない。何処にでも到る処に無数と転がっている、平凡なその一つの上位に。

第四に、石ころは不妊であった。

第五に、石ころは不平や不満を決して発しない。


つまり、こういうことではないか、と考える。

秋山駿という文芸評論家は、大岡昇平氏にしても小林秀雄氏にしても、中原中也という詩人にむける眼は「貴族」のものであって、「石ころ」のもつ眼ではないと考える。この場合の「貴族」とは、書物や文筆によって築造される「文学者」という守られた立場の人々をさす。「文学」という限られた領域に生きる人たちをさす。秋山さんは、本当の中也の詩の解釈、詩人への理解は、そうした「貴族」の詩眼からではなく、「石ころ」の詩眼から生まれるものでなければならない、といっているのである。

では、「石ころ」の詩眼とは何だろう。

秋山駿さんが文芸評論家として自立してからも、ずっと妻法子さんとともに東京の西郊ひばりが丘の賃貸団地に住まわれていたことはすでに記したが、そういう日常生活のありようをふくめて、秋山さんはいつも自分を市井の何でもない一庶民の位置にい、い、居つづけることに拘《こだわ》ってきた。「ふつう」を大事にしてきた。いわゆる書斎にこもった「貴族」の文学者の眼ではなく、どこにでもいる生活者の眼で「文学」をみつめることを良としてきた。すなわち、そういう眼でみつめたときの中原中也こそが、本当の詩人中原中也であると確信していたのである。

たとえば、秋山さんの「石ころ」の眼に発見された典型的な中也の詩はつぎのようなものだ。

――亡びてしまつたのは

僕の心であつたらうか
亡びてしまつたのは
僕の夢であつたらうか

記憶といふものが
もうまるでない
往来を歩きながら
めまひがするやう

（「昏睡」）

あゝ、家が建つ家が建つ。
僕の家ではないけれど。

（「はるかぜ」）

二十八歳のその処女《むすめ》は、
肺病やみで、腓《ひ》は細かつた。

ポプラのやうに、人も通らぬ
歩道に沿つて、立つてゐた。

（中略）

二十八歳のその処女《むすめ》は、
歩道に沿つて立つてゐた、
雨あがりの午後、ポプラのやうに。
——かぼそい声をもう一度、聞いてみたいと思ふのだ……
（「米子」）

石鹸箱《せつけんばこ》には秋風が吹き
郊外と、市街を限る路《みち》の上には
大原女《おはらめ》が一人歩いていた
——彼は独身者《どくしんもの》であつた
彼は極度の近眼であつた

彼はよそゆきを普段に着ていた
判屋《はんや》奉公《ぼうこう》したこともあつた

今しも彼が湯屋《ゆや》から出て来る
薄日《うすび》の射してる午後の三時
石鹼箱には風が吹き
郊外と、市街を限る路の上には
大原女が一人歩いていた

（「独身者」）

どれもが、秋山駿さんの『砂粒の私記』や『「生」の日ばかり』や『「死」を前に書く、ということ』などから拾った中原中也の小品である。拾ったという表現を使ったのは、これらが、秋山さんがほとんど生活習慣のようにポケットに入れて歩いていた、まるで気に入った小石のような書物『中原中也詩集』（創元選書）から、折りにふれて思い起こし、読み直し、ときには音誦までしていたという中也の詩の断片たちだからである。

そう、秋山さんにとっての中也の詩は、まるで（自分とそっくりな）道端に落ちている小石のような親しい感覚に陥るものだったのである。石ころは人に蹴られたり、踏まれたりしながら、だんだんとその居場所を変えてゆく。雨や風に打たれて変形し、変質し、何かの拍子にコロコロと坂道を転がってとんでもない遠くまで行ってしまう。また、何かにぶつかって割れたり、粉々になってしまう非常に脆《もろ》く弱いものでもある。秋山さんにとっての中原中也は、つねにそんな「石ころ」の自分に寄り添ってくれる詩人だったのである。

その一つが、「はるかぜ」という詩だ。めったに取り上げられない中也の未刊詩篇の一つだが、秋山さんはこの詩にひばりが丘賃貸団地の十四階から見下ろす、自分の住まいの周辺風景をかさねる。

秋山さんはそこに、庶民たちの日常のざわめきや、単純な生活の繰り返し、そこで泣いたりわらったりしている人々の暮らしを想像して感慨にふける。そして、そうした人間世界の営みから、近い将来「おさらば」する自分の余命を思うのだ。「ぼくの家ではないけれど」は、秋山さんが一個の「石ころ」として、すぐ隣にいる「石ころ」仲間におくるエールといってもいい言葉なのだろう。眼下にひろがる住宅風景にむかって「愛する石ころたちよ」とよびかけ、「もうじき私はここを立ち去るが、この風景はしだいに変貌してゆくにちがいない」と秋山さんは感じるのである。

絶筆『「死」を前に書く、ということ』には、そのあたりのことがこう書かれている。

ああ、盛んなものだな、と嘆声を発する。何が？

団地十四階の窓から見える、人間の営み盛んな光景である。

家が建つ。何もなかった処に、家が建つ。

この二、三年で、窓から見える風景がひどく変わってしまった。空き地や畑だった処に、どんどん家が立つ。

三十軒くらいの家並が組になっている一戸建てが、何回にもわたって造られていった。一年くらいの間隔で、ほとんど境を接して造られた場処もあるが、家の色と屋根の形が違うので、区別ができる。

とっさに感じたのは、「家」が、これからは、物質的にも財産的なものとして見られるのではなく、文化的なものの一つの表現とし、見られていくだろう、ということであった。

つまり、戦後からこれまでは、金銭の多少によって、階層の分離と格差で生じたが、これからは、「家」を包む文化によって、格差と階層の分離が増大するであろう、ということであった。いわば、貴族待望への一歩である。

秋山さんは、眼下の住宅風景がしだいに名もない小さな「石ころ」の集まりから、それぞれの個性をもった華美でオシャレな「貴族の館」へと変化してゆく畏れを感じて粛然とするのである。時代の変化をおそれるのである。何しろ戦後まもなくひばりが丘団地の住人となり（途中で団地は立て替えられ十四階建ての高層団地となったが）、そこから庶民の生活をずっと定点観測してきた秋山さんだった。日本が敗戦後の混乱から立ち上り、建設と増産の時代をへて、だんだん裕福になってゆく姿を目の当りにし

てきたのである。そんな秋山さんの眼には、「愛する隣人の石ころたち」が、生活力の向上とともにしだいに自分から遠去かっていってしまうという気配が感じられたのだろう。

だが、いずれにしても自分はそう遠くない日、この風景に「おさらば」をつげなければならない人間なのだ。これいじょう、この世の中の変化に対していかなる言葉を発すればいいというのか――。

ところで、前に紹介した秋山駿さんの絶筆『「死」を前に書く、ということ――「生」の日ばかり』に書かれている最後の文章は、例の小林秀雄訳のランボオ『地獄の季節』のなかに、秋山さんが懸命に探していた「あゝ、おさらばの時だらう」という言葉を発見した「二月十二日　火曜日」の文章だったが、じつはその三日後の「二月十五日金曜」に書かれた文章が、正真正銘、秋山さんの生前最後に書かれた文章――すなわち「遺言」になったことを断わっておく。

外出しない日、いや、外出できない日が長く続いている。杖一本では、ふらついて、歩きにくいのだ。もう半年以上も、近所の公園に行かなくなった。散歩もしなくなった。できなくなった。

手帳の欄も、ほとんど空白で、「一日中家」と、メモするだけになってしまった。

そこで以前《せん》より、本なら熟読。
そこで以前《せん》より、人には丁寧。
（中原中也「春日狂想」）

と、なるといいのだが、なかなかそういかない。

わたしは、どういう訳か、「世間」というものが好きなのだ。雑然としたにぎやかな世間。しかし、孤独者が一人で棲んでいるような場も、世間である。尋ねてくる人が、世間の風を吹かせてくれると、わたしは喜ぶ。面白い話は要らない。ごくふつうの、なんでもない話、平凡な話がいい。人が生きている呼吸が手ざわりできる。

古典とか有難そうなことを言っている本でも読めばいいのだろうが、わたしはそれはしない。それより、新聞と同時配達されるチラシ広告などに、眼を惹かれる。「世間」が動いている、と感ずる。

おじいさん、として、こんな生き方でいいのだろうか。

（二月十五日　金曜日）

この文章は、「群像」の二〇一三年四月号に発表された連載『「生」の日ばかり』の第四十九回にあたるもので、前述したようにこれが文学通り秋山さん最後の原稿となったのだが、文章は秋山さんらしい飄々とした普段着の一人語り、というべきもので、最終行の「おじいさん、として、こんな生き方でいいのだろうか」の下りなんかは、平々坦々としたなかにするどい人間批評をひそませた秋山さんならではの語りだと思う。当然のことだが、秋山さんは死ぬまで自己の存在をふくめ、あらゆる人間の悲喜哀歓がうごめく「世間」に対する関心、好奇心を失わなかった評論家だったのだなと再認識させられるのだ。

大岡邸の新年会で初めて温顔にふれたときもそうだった。秋山さんがドストエフスキー論やスタンダール論で湧きかえる大岡さんや埴谷さんの輪からそっとぬけ出して、少し離れたところにすわっている新参者の私のそばに寄ってきて、

「だから、けっきょくのところはさァ」

とか
「そこなんだよ、そこ」

ワイン片手に秋山さん独特の口調で語りかけてきてくれたことも昨日のことのように思い出す。

あれもまた、秋山さんが「貴族」の談論を嫌い、一つぽつんと放り出されている「石ころ」のほうに近寄ってきてくれた得難い時間だったんじゃないかなと、勝手に想像しているのである。

◉枕頭の一書

『中原中也詩集』（創元選書　一九四七年）

＊『中原中也詩集』はいままで二十数冊が出版されている。最新では、角川春樹事務所 二〇二二年。

・「枕頭の一書」への手引き

『砂粒の私記』秋山駿著（講談社　一九九七年）
『私の文学遍歴－独白的回想』秋山駿著（作品社　二〇一三年）
『「生」の日ばかり』秋山駿著（講談社　二〇一一年）
『「死」を前に書く、ということ――「生」の日ばかり』秋山駿著（講談社　二〇一四年）

中野孝次

――セネカ「ルキリウスへの手紙」

カフカやノサックなど現代ドイツ文学の翻訳のほか、私も何ども読み返した『ブリューゲルへの旅』や『実朝考』、平林たい子賞を受賞した自伝小説『麦熟るる日に』や「鳥屋の日々」、映画にもなって人気を博した愛犬小説『ハラスのいた日々』、大ベストセラーとなり流行語にもなった好エッセイ『清貧の思想』等々、日本文学界に多岐にわたる足跡をのこした作家の中野孝次さんが、とつぜん末期の食道ガンを宣告され、宣告から僅か半年ほどで七十九歳の生涯をとじられたのは、二〇〇四年七月十六日のことである。

奥さまの秀さんのご記憶によると、中野さんが最後の入院のときに病室に持ちこんだのは『藤沢周平全集』のうちの何冊かと、宮城谷昌光さんの小説の何冊かだったそうだが、私はやはり、作家中野孝次が病臥に際してつねに心の内部に携えていたのは、ローマの哲人セネカの哲学書「道徳についてのルキリウスへの手紙」（以下「ルキリウスへの手紙」、『セネカ　現代人への手紙』所収〈岩波書店〉）であったにちがいないと確信している。

セネカとは、あまりこれまで日本では紹介されてこなかった約二千年前の帝政ローマ時代の哲学者だが、中野さんはそのセネカが友人のルキリウスにあてた手紙をまとめた、いわば哲人セネカの箴言集とでもいうべき書物に衝撃に近い感銘をうけ、亡くなる前年の二〇〇三年九月に『ローマの哲人　セネカの言葉』（岩波書店刊）を上梓し、つづけて翌年五月、つまり自らの命の火が燃えつきる二ヵ月前に『セネカ　現代人への手紙』を刊行されている。いってみればセネカという哲人がのこした哲学的書簡集「ルキリウスへの手紙」は、作家中野孝次の食道ガン発症から死に至るまでの約五ヵ月間をささえる、文字通りの「心の杖」となった一書であるといいきれるのである。

そうした理由から、中野さんのセネカに寄せる絶対的な信頼、セネカの数々の言葉から受けた影響、とくにガン宣告後からはじまった闘病生活における哲人セネカの存在の大きさについて語るにあたって、私はあえて中野さんの数ある著作のなかから、尻のポケットに入るくらい薄い文庫本『ガン日記』（中野さんの死後二年経って文藝春秋から出版された単行本を同社が文庫化したもの）を選択することにした。もちろん中野孝次さんがセネカを取りあげた文章は他にもいくつもあって、前述した『ローマの哲人セネカの言葉』、および死去直前に出された『セネカ　現代人への手紙』などはその代表的なものといえるのだが、私は末期ガンと懸命かつ真摯に対峙し、「最良の死に方」を最後まで追いもとめたこの作家のいわば「生」「死」「老い」「病」との取っ組み合いのなかにあった枕頭の一書――セネカ「ルキリウスへの手紙」を理解するのには、この『ガン日記』を手びきにするのが一番と判断したのである。

まず、セネカの「ルキリウスへの手紙」に入る前に、その中野孝次著『ガン日記――二〇〇四年二月八日ヨリ三月十八日入院マデ』の出だしから紹介していきたいと思う。

『ガン日記』は、副題にある通りガンが発見される同年二月八日から三月十八日に入院するまでの手記なのだが、二月八日に中野さんが趣味の囲碁を打ちに町内の碁会所に出かけ、そこで好成績をあげて上機嫌でトイレに立ったとき、途中廊下で擦れちがった対戦相手の前薗四段から「腹ですか?」といわれてギクリとする。

胃の上部に鈍い痛みがあって、中野さんは無意識のうちに腹に手をあて叩きながら歩いていたらしく、それを前薗氏にみつけられてうろたえるのである。

『ガン日記』にはこうある。


碁を打っているあいだは夢中になっているから忘れているが、碁を離れるとたちまち不快な痛みが気になって叩いていたものとみえる。

鈍い痛みはヘソ右側五センチくらいのところにありて、押えればヘンな感じあり、それがこのところ急につのってきた也。ために毎晩欠かさざりし三合半の晩酌も何度か休み様子を見るも一向に不快感減らず。

のみならずこのところの体重に減り方の早きこと、日にいくらというぐらいにて、昨年秋には夜五十七キロ、朝五十六キロと「オブラ」誌のプロフィールなる欄に報告してありしが、夜五十四キロ台、朝五十三キロ台にまで落ちる。普段あまり自己の健康状態に神経質ならざる余にも、この異常な急減少は不気味にて、これは近々一度本格的に見てもらわねばなるまいと思っていたゆえ、前薗氏の「ハラですか?」にどぎまぎしたのならん。

その後の病の急激な進行ぶりを考えると、このときすでに中野さんの身体に巣喰ったガン細胞はかなり肥大していた気配なのだが、学生時代からスキーで鍛え、酒、煙草をたしなみ、人一倍健康には自信のあった中野さんだったから、自らの身体の深部に点滅する赤いサインに気づくのがおくれたともいえるのだろう。

数日して、中野さんは自宅のある横浜の洋光台で、五高時代の同級生桐山正医師が開いている桐山診療所へゆく。そして、そこでの精密検査の結果、胃上部および食道付近が赤くただれ、ビランがあると判明、四ヵ所より検体をとってさらに詳しく調べてもらうことになった。桐山医師曰く「今のところ胃炎という診断しか出来ないが、食道にあるビランが気になるので、検体を検査にまわす。何もなければ来週の今日(木)

に説明するが、もし検査結果で何かあったらそれ以前に知らせます」。

だが、その運命の知らせはその木曜日を待たずにやってくる。診察をうけた五日めの火曜日の午後、少し遅めの朝食を摂っていたところに、「あなた、桐山先生からお電話よ」と秀さんから告げられ、その瞬間、中野さんは「ガンが見つかったの也」と観念するのである。

そして、そこで初めてセネカの名が登場する。

この通知を平静に聞くを得たるは、一昨年よりずっとセネカ（一世紀頃のローマの哲人）に親しみ、その死に対処する心構えを学んでいたためなるべし。

運命は、誰かに起ることは汝にも起るものと覚悟しおくべし、自分の自由にならぬもの（肉体もしかり）については、運命がもたらしたものと平然と受けよ。できるならばみずからの意志で望むものの如く、進んで受けよ、とセネカは教う。その心構えの訓練をセネカをよみながらずっとつづけてきたので、その時も電話口にて、はいそうですか、と静かに聞くを得たる也。

すなわち、中野さんは日頃からセネカの書に親しんでいたために、桐山医師から「やはりガンが見つかりました」と告げられたときにも、比較的冷静にその宣告をうけいれることができたと言っているのである。

このとき中野さんの心を平静に保ち、「ガンが見つかった」という知らせにもそれほど動揺せずに済んだというセネカの決定的な箴言とは、具体的にセネカのどの言葉だったのかという興味がわくが、『ガン日記』ではその点は明らかにされていない。しかし、中野さんが出された『ローマの哲人　セネカの言葉』や、『セネカ　現代人への手紙』を読むと、そこには「人間が冷静さを失なわないためには、つねに自らの日常にとつぜん起こり得る運命の悲劇に対する覚悟を怠らぬこと」という趣旨のセネカの言葉が、そこらじゅう至るところに出てくる。

たとえば「ルキリウスへの手紙」の初めのほうで、すぐにぶつかるのは「第四の手紙・死の恐怖」に出てくるつぎのような言葉である。

君はただ前進せよ。そうすれば君は、世の中にはあまりにも大きな恐怖を呼び起すために、実際はそれほど恐るべきではないものがいくつもあることに気がつくだろう。最後にやってくる禍《わざわい》は、大きな禍ではない。死は君にやってくる。それがいつまでも君のもとに留まっているなら、それは恐怖すべきものだったろう。しかし死はやって来ないか、すぐに立ち去るか、そのどっちかだ。

「けれども、死を軽視するまでに心を持ってゆくのはむつかしい」と君は言うかな。しかし、実につまらん理由から死が軽視されることがあるのを、君はもう見てるんじゃないのか？　ある者は恋人のドアの前で首を吊った。別のある者はこれ以上主人ががみがみ叱るのを聞きたくないと、屋根からとびおりた。三番目の者は、逃亡から連れ戻されるのを恐れて、腹に剣を突き刺した。そういう大きすぎた恐怖が為しとげたと同じことを、徳はやってのけるのだと君は思わないか？　どんな人間にも苦労のない人生は与えられていない。長生きを望んでやまない者にも、執政官を何度もしたことを大層な財産だと思っている者にも。

だから君は、生きるための心配事をすっかり身の周りからなくして、つねに人生を生きるに値するものにしておきたまえ。どんな財産でも、あらかじめなくなった時の心の準備をしておかなかったら、持主はそれを喜べない。しかし、失っても残念がらずにすむものくらい、たやすく失えるものはないんだ。それ故に君は勇気を奮い起して、最も力のある者にさえ突き当ってゆけるものに対して、つねに自分を鍛えておかねばならないのだ。

たしかにここには、セネカが友人ルキリウスにあてた手紙の一部として、セネカが日頃から抱いている人間の「死」に対する過剰な恐怖心へのある種の冷笑、いかにそのことが無意味で徒労な、およそ苦悩するに値しないものであるかが語られ、同時に人間がいかに日常、いつでも失なってかまわぬものに執着し、ムダな心配事をかかえて生きているかが語られているのだが、中野さんが最後の著書『セネカ　現代人への手紙』のなかで、もっとも「セネカの言葉」の表現力、説得力に感動したとのべているのは、その「手紙」のおしまいに書かれているつぎの数行についてである。

君はなぜ自分を欺くんだ？　長いあいだ悩んできたことを、なぜ今初めて認めるんだ？　それなら僕は言おう。君は生まれてきたその時から、死の方へ連れ去られているのだ、と。これやそれに似た事柄を君はじっくり考えなければいけないのだ。もし我々があの最後の時を心静かに待とうと願うのならば。そのことへの恐怖が他のあらゆる時を落着きなくしているのだから。

この言葉に中野さんはこんなふうな絶賛の辞をおくる。

まったく巧みな言い回しであって、これでは人は聞いただけでもう酔い、説得されてしまう。おそるべしはセネカの説得力だ。

セネカの理想は「平常心をもって人生を去る力を持つ」ことであり、死についてのあらゆる思考は、そこへ達するにはどうしたらいいかをめぐって行われる。が、彼は結論を急がない。ここでも世の中の多くの人の死に対する態度のさまざまな姿について、具体例を示して我々自身に考えさせるようにもってゆく。それは低まっては高まり、前進するかと思えば別の方向に転じ、実に多様性に富んでいて、死について考えるときでさえ我々を飽きさせない。

もちろん私も、中野さん同様、ここに綴られたセネカの「死生観」というより「死観」とでもいうべき文章の明晰さに圧倒された者の一人なのだが、やはりこうまで作家中野孝次がセネカの言葉の力にのみこまれていった要因の一つには、中野さん自身にすぐそこまで迫っている「死」への意識があったからであるにちがいない。「死」はだれだって恐い。できれば死にたくない。だがセネカがいうように、だれだっていつかは死ぬのだ。中野さんはそうしたごく当り前の人間の弱さをもっていたがゆえに、セネカの語る「平常心をもって人生を去る力を持つ」という心の強さに憧れ、熱望し、それが尚更二千年前のローマの哲人セネカに対する畏敬の念を深くさせていたのだろう。

しかし、それだけではないとも思う。

ここには一人の死の迫った人間の眼差しがあると同時に、一人の作家であり文学者であった中野さんの眼差しがあると思うのだ。中野さんが食道ガンによって世を去る直前まで、約三年近くにわたってセネカを熟読し、そこに書かれた「生」と「死」の意味をさぐりあてようとしたのは、セネカが自らの考えをどのように表現していたか、他者にむかってどのように伝えようとしていたかという、一作家としてのセネカの文章に寄せる深い共感があったからではないかと考えるのである。

中野さんが再三いうように、セネカは哲学者であり思想家であると同時に、類《たぐい》まれなる警句家であり文筆家でもあった。人間の本質をついた箴言に富むとともに、簡潔にして奥深い文章表現の術にも非常に長《た》けていた。それが中野さんにセネカのもつ無類の「説得力」を体感させ、かつその格調高い文章のリズムに酔いしれさせたといっていいのである。

だが、そんな中野さんのセネカの言葉への無条件な酩酊にやんわりと警鐘を鳴らすように、セネカはこの「ルキリウスへの手紙」の第二の手紙のなかで、（おどろくなかれ）「多読の弊害」と題したこんな文章も書いているのだ。

しかしそんなふうにやたらに多くの著者の本を読むのも、雑多にいろんな種類の本を読むのも、心に何か無計画なもの、不安定なものがあるせいじゃないかと疑ってみたほうがいい。もし君が本気で心の中にしっかりと刻みこまれる何かを得たいと願っているんだったら、一定の巨匠のもとに留まって、彼らに養ってもらわなければだめだ。どこにでもいることは、どこにもいないということだからね。生涯を旅先で過ごす人は、旅先での知合いは大勢できるだろうが、真の友人は一人も得られない。それと同じことは必然的に、どんな人間の精神とも深い信頼関係を結ばず、走りながら大急ぎですべてのもののそばを通り過ぎるだけの人間にも起るわけだ。

腹に納めたとたんに吐き出すんだったら、そんな食い物は何の役にも立たんし、からだの栄養になるわけもない。同じように、薬をしょっちゅう変えることくらい、治療に悪いものはない。傷だって、いろんな薬を次々に試していたんではよくなる折がないし、木だって、しょっちゅう植え変えられていたら育つ折がない。とにかく通り過ぎがてら役立つもので、本当に役立つものはないんだ。本でも同じこと、多すぎる書物は気を散漫にするだけだ。だから、いかにたくさんの本を君が持っていようと、全部を読むことはできないんだから、君が読むことのできるだけを所持していれば、それで十分ではないか。

もし貧乏が楽しいものだったら、それはもう貧乏ではない。持つことの少ない者ではなく、持つが上にも持ちたがる者が、貧しいのだ。つまり問題は、倉庫の中にいかに多く入っているかではないんだ。倉庫の中にどれほど積まれているかではない。そんなものがいくらあろうと、もしその男が他人の財産を狙っていたり、自分の持つ物で満足しないでさらに所有を増すことばかり目論《もくろ》んでいたら、いくらあろうと満足することはない。では、富の限度とは何か、と君はきくかな? 第一、必要なものを持っていること、第二、足るを知ること。これだ。ごきげんよう!

最終行の「ごきげんよう！」の何という切れ味。セネカが無類の文章家であり警句家でもあったという証左だろう。

中野さんが訳したセネカの「多読の弊害」の項は、本当はもう少し長い文章なのだが、ここではその半分くらいを紹介してみた。しかし、この文を翻訳し読んでゆく過程で、中野さんがセネカの言葉に惹かれ、その文章表現の妙に惹かれてゆくさまは容易に想像できる。

たとえば、『セネカ　現代人への手紙』のなかで語られる中野さんのセネカ讃は、こんなにも熱っぽく、まるで、セネカの言霊《ことだま》が中野さん自身に乗りうつったかのようなのだ。

このように、セネカの哲学は読書というような具体的、日常的なことをとらえて論じながら、類推によって次から次へ人生の局面を描き出してゆき、そこに抽象的な論議など一つもなく、直接その手で物事を摑んで示す。

（略）

しかし、セネカがここに言うことの一つ一つはすべて真実だ。そして人間によくある、というよりこの方が多い誤ちの一つの型をきれいに描きだしながら、一つのことに専念せよ、それが自分自身を親しむにいたる唯一の道だ、と教える。

（略）

そしてこれもセネカの文章をきわだたせる特徴の一つなのだが、論を展開するところどころ、ちょうど曲り角に当たるようなところに、セネカは必ずおそろしく切れ味のいい、一度聞いたら忘れられぬ、堅固に構築された格言、ないし箴言を要《かな》石《めいし》として捉えておくのだ。ここで言えば、たとえば、

——どこにでもいることとは、どこにもいないことだ。

Everywhere means nowhere. いたるところに顔出しする者は、どこにも存在したことのない者だ、という。ありとある書物に首をつっこんで知った顔になるような

者は、結局どの一冊をも身につけない、という意味にもとれるし、もっと一般的にいろいろな場面にもあてはまる言葉ではないか。

——生涯を旅先で過ごす人は、旅先での知合いが大勢できるだろうが、真の友人は一人も得られない。

——薬をしょっちゅう変えることくらい、治療に悪いものはない。

こうした片言隻句《へんげんせっく》に名文句をはさむ術では、どんな著者もセネカに及ばない。わたしはこういう切れ味のいい名句に触れるたびに、これを簡潔なラテン語で読んだらどうだろうと想像し、若い時にラテン語を学んでおかなかったことをわが悔みとする。

こんなふうに、作家中野孝次のセネカへのぞっこんぶりは増すばかりなのだが、私としてはここらへんでもう一ど、中野さんの枕頭の一書としてのセネカ「ルキリウスへの手紙」が、死に瀕した中野さんの人生にいかなる効果をもつ書物であったかを知りたい衝動に駆られる。

『ガン日記』によると、中野さんが桐山病院からの電話で、自分が食道ガンであると告げられたとき、その知らせをごく平静に聞くことができたのは、セネカの本を読んでいたからだという。「運命」がもたらしたものを平然と受けよ、というセネカの教えを思い出し、電話口ではまったく取り乱すことなく、はいそうですか、と静かに応答することができたの也、と中野さんは書いている。私が興味を抱くのは、その一種の「悟り」にも似た境地は、文学者中野孝次だったからなのか、それとも文学者である以前に中野孝次という一人の人間として得ることができたものなのかという点についてなのである。

そして、けっきょくこうした結論にたどりつく。

やはり中野さんは死ぬまで生粋の文学者だったということなのだろう。あるいは、文学の存在によって生きることができた人間だったということなのだろう。でなければ、こんなにストレートに率直にセネカの言葉をうけとめられたはずがない。中野さんは、文学者の眼と脳と感性をもってセネカの言葉を捉え、その言葉を真っすぐに理解して生きることができた人だったのだ。そこには中野さんが（セネカと限らず）「文学」あるいは「言葉」というものに対して寄せる確固たる信頼の心があった。「言葉」の力を信じて疑わなかった。

「セネカを読んでいたから、ガンの宣告を平静にきくことができた」のは、中野さんが何をおいて一人の卓《すぐ》れた文学者だったからだと思うのである。

ここでセネカの話から少し離れるけれども、私が作家中野孝次の著作のなかで一番影響をうけたのは『ブリューゲルへの旅』である。

これは中野さんの作品としてはかなり初期に当るもので、中野さんが一九六六年の春、つまり一九二五年生まれの中野さんがまだ四十代の初めだった頃、国学院大学在外研究員として約一年間ドイツに滞在し、その十年後にふたたびドイツを訪れたときの経験をもとに書いたのが『ブリューゲルへの旅』だった。孤独な異国での暮らしのなかで、中野さんはほとんど偶然といっていいきっかけでウィーン美術館を訪れ、そこでいわゆるフランドルの画家、北方ルネサンスの代表的画家であるピーテル・ブリューゲルの作品と出会う。そして、たちまちブリューゲルの絵のもつ力、スペインの圧政下にあった祖国に対する宗教的、かつアナーキーでありながら、どこか幻想的、怪奇的な表現力をもつブリューゲルの絵に魅入られ、以後パリ、ロンドン、プラハ、ナポリ、マドリッド、ダルムシュタット、ブリュッセルなど、ブリューゲルの絵があるときけばそこへ出かけてゆくほど熱心なブリューゲル信奉者となり、帰国後すぐに執筆にとりかかって、いわばその「ブリューゲル追跡記」とでもいうべき、半美術論、半人生論『ブリューゲルへの旅』を、雑誌「文藝」の一九七五年八月号と十月号に発表するのだ。

そして、私はその『ブリューゲルへの旅』に強烈な刺激をうけ、その数年後に自分の愛する夭折画家のコレクションを展示した私設美術館「信濃デッサン館」を長野県上田市に建設するわけだから、いってみれば中野さんが著したこの『ブリューゲルへの旅』が、私自身に私設美術館の建設という大それた計画を実現させた、大きな原動力ともなったといえるのである。

私がとくに『ブリューゲルへの旅』のなかで魂をつかまれたのは、中野さんが一九六九年の春、ベルギーのアントウェルペン市にある「マイヤー・ファン・デン・ベルグ美術館」で、以前から見たかったブリューゲルの「狂女フリート」(「悪女フリート」ともよばれる)と対面する場面だった。「狂女フリート」は、ブリューゲルのなかでもひときわ妖気と不穏とが交錯している作品で、画面のあちこちにさまざまな魔物や妖精が入りまじり、地獄への回廊がぽっかりと口を開けているようなナゾめいた絵なのだが、そこには不気味な形をした魚、すっぽん、蛇、いもり、ザリ蟹、大蜘蛛……などが動き這い回り、その中央をたくさんの荷をかかえた巨大な狂女フリートが大股で横切ってゆく。中野さんはちょうど外で降りはじめた雨の音をききながら、他にたった一人の旅行客しかいないがらんとした「マイヤー・ファン・デン・ベルグ美術館」で、ほとんどその「狂女フリート」を一人占めする感じでこの前に立ちすくむのだ。そのときの森閑とした美術館の描写がたまらなくいい。

―部屋のなかは静かだった。わたしは判じあぐねては退き、全体のわからなさに負けてはまた細部に近づいた。外は雨。雨はわたしが一時間も前から開館を待ちあぐねて、近くの路地や店をあけだした商店街のなかをぐるぐる歩きまわっているうちに降り始めた。商店や貯蓄銀行にはさまれた、町中の一つの建物にすぎないこの美術館は、それと知らなければふつうの住居とちっとも変わらない。その雨をよける余地もない入り口に、もうひとりトランクをさげて待っていた中年女性は、いまは別の部屋をまわっている。内部も（案内書には昔の貴族館だったとある）ごくふつうのつくりで、磨きぬかれた嵌板の床から油がにおい、彼女が、実直な教員ふうの足どりで、一部屋ずつこつこつと見てまわる足音がきこえた。静かだった。わたしのほうは開館と同時に二階に上って、部屋の電燈も自分で点けて、さっきからこの暗い一室にとどまっている。部屋には監視人さえいなかった。かれらはどこか近くの部屋でひそひそ話あっていた。

マイヤー・ファン・デン・ベルグ美術館のなかは、いつまでたっても女教師とわたしの二人の訪問者しかいなかった。監視人たちはときどき歩きまわり、また寄り集まってむだ話をしていた。実直そうな中年の人たちばかりである。部屋のなかは静かで快くあたたかかった。外は雨。わたしは「狂女フリート」に捲きると反対側の隅に置かれた息子の模写になる「ベツレヘムの戸籍調査」を見、幸福だった。

再び自分の話になるが、そこには私が当時ひそかに心に温め、建設をめざしていた「美術館」という空間の理想の形があるような気がした。一人の人間がながいあいだ恋い焦がれた作品の前に立ち、思案し考えあぐね、作品に近寄ったり離れたりするその空間にある静寂と清気、そして外では相変らず雨が美術館の屋根を濡らし、その音が空間の静寂を引き立てるように耳をうってくる。そこには作品と鑑賞者をへだてる何ものも無いのだ。ただそこには「狂女フリート」があり、それをみつめる中野さんがいるだけなのだ。

私はそのとき、もし夢が叶うなら、自分は中野さんが憧れのブリューゲルと出会ったその時間と空間をつくる人間でありたいと思ったものだ。「つくる」のでなければ、「用意する」といった表現でも足りる気がした。そして、同時にそれは、一人の画家と一人の鑑賞者を対峙させ、心を交流させる「美術館」という一つの装置であり、その装置をつくることは、自分が中野さんの惹かれるブリューゲルの「狂女フリート」自体になることなのだ、という思いにひたったのである。

あれはたしか昭和五十年の秋頃だったと思うのだが、「公明新聞」の編集部におられた井関能雄氏が、その頃国学院大学の教授をなさっていた中野さんを、渋谷の明治通りにあった私の画廊にひっぱってきてくれて（松本竣介のデッサン展か何かをやっていたときだったと思う）、その帰りに宮益坂の高級なレストランでご馳走になったことがあったのだが、そのとき私が、将来自分のコレクションの美術館をつくりたい夢をもっているときくと、

「ほう、どんな美術館？」

中野さんは眼鏡の奥の眼をキラリと光らせた。中野さんは小柄な方だったが、東大時代からスキーをやっていた身体はガッチリとしていて、いかにも売り出しの気鋭作家といった精悍な顔つきをされていた。

「主に大正時代に夭折した画家たち、たとえば村山槐多とか関根正二とか、あるいは

戦時中に若く死んだ松本竣介や靉光とかいった絵描きのコレクションをならべた美術館です」

私が答えると、

「そりゃ面白いねぇ。眼のツケどころがいいな」

中野さんは言って、

「しかし、美術館は単に絵をならべて客を待っているところじゃないよ。絵を観にきた人間と、その人間に観られる絵とが真剣に対決する場所だからね。それにふさわしい緊張感がなきゃいけない」

私はそのとき、中野さんが語る「美術館」像が、あまりにふだんから自分が考えている「美術館」像とぴったりだったのでびっくりしたものだ。

「その通りだと思います。たとえば先生がお書きになった『ブリューゲルへの旅』に出てくるマイヤー・ファン・デン・ベルグ美術館のような、あんな美術館ができればいいなと思っているんです。あんまり客の入らない、しかしいったんそこに入ったら、客が作品の前から離れられなくなるような、そんな美術館がつくれたらと思っているんです」

「なるほど、マイヤー・ファン・デン・ベルグ美術館か、なつかしいなぁ。ぼくにとっては人生でいちばん忘れられない美術館の一つだ。もっともそれは、ピーテル・ブリューゲルという絵描きがいてくれての話だったんだけどね」


思うのだが、作家中野孝次が死の直前にセネカの言葉を反芻し、かみしめた時間もまた、ある意味で四十代初めの中野さんがベルギーの「マイヤー・ファン・デン・ベルグ美術館」でブリューゲルの「狂女フリート」と対峙したときと同じような、静謐と孤独にみちた精神的空間のなかに生まれたものだったのではなかろうか。

先述したように、そこには余命一年と宣告された食道ガンによる死に対する恐怖が、寝ても醒めても七十九歳の中野孝次の心を領していたはずなのだが、その作家がいまわのきわまでの精神状態をあれほど平静に保ちつづけられたのは、かつて「マイヤー・ファン・デン・ベルグ美術館」でブリューゲルの絵と向かい合ったときとまったく同質の、「死」と「自分」しかそこにはなかったという条件があたえられていたからではないだろうか。

正確にいうと、『ガン日記』にはセネカ以外の箴言家の言葉もいくつか出てくる。たとえば、いつも中野さんが座右の言葉にしていたという『徒然草』の、「若きにもよらず、強きにもよらず、思ひかけぬは死期なり。今日まで遁れ来にけるは、ありがたき不思議なり」（若かろうと強かろうと、死期だけは人間に平等にやってくる。今日まで無事に生きていることじたいが不思議なのだ）もそうだし、喉頭ガンに苦しんだ中江兆民の『一年有半』の一節、「一年半てふ死刑の宣告を受けて以来、余の日々楽《たのしみ》とする所は何事ぞ」（生きている人生の長さは問題でなく、問題なのは一日一日をいかに生きるかのほうにあるのだ）もそうだし、中野さんは他にも唐代禅僧の説教や、高見順の晩年の詩や近藤啓太郎の病床録などについても言及しているのだが、そうした数ある箴言のなかで、やはり中野さんの心が行きつくのはセネカの語る「死に対する覚悟」につきるのである。

『ガン日記』の真ん中あたりで中野さんはこんなふうに語っている。

まだ前にずっと命がつづいているような気がしていた時と、残り一年と限られた時とで、別に生きる心掛けに変ることはない。前々から、生きるのは今日一日、「今ココニ」の時空しかないとして生きてきた。これが生涯かけて文学をやって来て最後に得たものだ。生きるのは「今ココニ」しかないと覚悟すれば、先に時があるかないかは何の変りもないわけである。

人の生きる時は「今ココニ」だけ、これは唐代禅僧のだれもが実行した生であり、ローマのセネカが言うところでもある。セネカはほうぼうで、自分はその日その日を最後の日として生きている、と言っている。あだな望みがその日まではと設定した可能な未来に時を合わせて生きているのではない。だからあと数年を仮に与えられても、それを辞退はしないが、その延長期間がどこで中断されても文句は唱えない、と。

セネカの「ルキリウスへの手紙」を部分訳しているあいだに出会った、こういう言葉に感銘し、自分もそういう心掛けで生きようと努めてきたのだった。今、その延期期間が打ち切られようとしている時に直面して、あらためてセネカのその言葉

――を心に言い聞かせる。

中野さんは晩年、色紙をもとめられると好んでこの、「今ココニ」という言葉を揮毫されている（私も一枚持っている）。そして、死の前年二〇〇三年に出した『ローマの哲人　セネカの言葉』のなかでもくりかえしこうのべている。

人は愛する者とあるかぎり、日々、生きているあいだは、この確認をなすべきだとわたしは思う。それこそが幸福を知るということだ。と同時に、このようにして人は、人間の生きる時は「今ココニ」ある時だけだということを喜ぶのである。

人生の価値はその長さにはない。幸福、人生の充実は、時間には関係ないのである。愛する者とともに生きた日々の喜びを知らない人生は、いかに長くとも何でもない。短い時間でも、真に愛する者と生きる充実を知る者は、それで生の完成を知ったというべきだ。長く生きたところで、生きた日々をつまらないことにかまけて過ごしたような人の人生は何の価値もない。白髪や顔の皺はなんらその人がよく生きたことの証明にはならないのである。

よく生きた人生とは、仮にそれがいかに短いものであっても、一日一日をそれが自分の全人生であるかのように全力で生きた人の生なのだ。一日一日を全き力で生きた者がよく生きたと言える、とセネカは言うのだ。


もちろん、食道ガンの末期にあった中野さんには、こうしたセネカの言葉を糧としながら、「けっして長く生きることだけが人生の価値ではない」と自らに言い聞かせている可能性もあっただろう。「一日でも長く生きたい」という願望と闘いながら、セネカの言葉と向かい合っていたともいえるだろう。だが、死を前にした中野さんが、のこされた日々を「今ココニ」というセネカの箴言に自らの人生を集約させ、その言葉をもって完結させようとしていたことはじじつだったろうと思う。

「今ココニ」――確かにいい言葉である。セネカの言葉の「説得力」が、ここでもぞんぶんに発揮されている。

『ガン日記』にも転載されているが、中野さんは最後に出した『セネカ　現代人への手紙』のあとがきで、もう一ど念を押すようにこう書く。

運命が何をもたらすか、はかりしれない。人間に起ることは君の身にも起ると、つねに覚悟しておけ。それが、何であれいざそのものが来たとき狼狽せず落ち着いて対処できる唯一の道だ。

わが身といえども、からだは君の機能下にはなく、自然に属する。君はただその管理を委ねられているだけで、養生がよければ自然は満足しているが、悪ければ反逆して警告を発する。そのときは黙ってその声を聴き入れよ。

こういうセネカの教えに一年近く日々親しんでいたために、わが身がガンだと聞いたそのときも動顛《どうてん》せず客観的に受け入れることができたのであった。わたしは「ついにその時が来たな。セネカがどんなことでも起りえないことはないというのは、このことだな」と思った。

（略）

そのあとわたしが最初にした決心は、食道ガンは進行が早いというから、おれは今年のうちに死ぬのだろう、それならば死までの日々も今までどおりその日が人生最後の時であるかのように一日一日を生き、家で晴れやかに死を迎えよう、というものであった。わたしはものの本を読んで、現代医学のガン対策がいかに自然に反する過酷な療法を人体に課するかを知っていた。あんな目にあうくらいなら、何もしないで死を迎えた方がいい、とかねてより思っていたからだ。そして事実そのように平然とふるまっていた。

ガンはしかし、わたしのそんな思惑にかかわりなく、恐るべき速度でわたしのからだを破壊していった。二月初めから三月中旬にかけてわたしは五キロの体重を失った。その事態になってようやくわたしは、このままでは早晩ガンの苦痛が始まるだろう、そのとき一番まいるのは看病する老妻だ、と気づいた。このまま家にいては夫婦共倒れになるだけだ、とわかった。わたしが入院する決心を固めたのはその時だった。いやでも何でも、今は入院するしかなかった。

私は中野さんの一種古武士的（？）といってもいい頑固な性格や、一どこう決めたらテコでもひかない人柄を知っている者の一人として、文字通りイヤイヤながら入院を決意した中野さんの気持ちが読んでいてよくわかる。できれば入院などせず、愛妻秀さん、二頭の愛犬ナナとハンナにかこまれながら、静かに洋光台の自邸で最後を迎えたいというのが中野さんの切実な願いだったにちがいない。

しかし、その願いもガンが打ち砕いてしまった。

尻のポケットに入るような『ガン日記』の文庫本の帯文には、「少しでも長く生きるのではなく、苦痛は苦痛として、晴れやかに死んでゆきたい」という中野さんの言葉がひかれているが、これもまたセネカから学んだ「覚悟」の言葉であった。

『ガン日記』の最後の項はこんなふうに終っている。

二〇〇四年三月十八日（土曜日）

風強し、暖。

今日より約2ヶ月半、初めての病院生活と医療的拷問との日々始まるか、と思う。しかし、すべてそのときそのときに応ずればよしと覚悟は定まりてあり。

◉枕頭の一書

「ルキリウスへの手紙」セネカ著（『セネカ　現代人への手紙』中野孝次著〈岩波書店　二〇〇四年〉所収）

・「枕頭の一書」への手引き

『ローマの哲人　セネカの言葉』中野孝次著（岩波書店　二〇〇三年、のち講談社学術文庫　二〇二〇年）

『ガン日記　二〇〇四年二月八日ヨリ三月十八日入院マデ』中野孝次著（文藝春秋　二〇〇六年、のち文春文庫　二〇〇八年）

『ブリューゲルへの旅』中野孝次著（河出書房新社　一九七六年、のち河出文庫　一九九三年、文春文庫　二〇〇四年、『中野孝次作品1』作品社　二〇〇一年）

『ルキリウスへの手紙／モラル通信』セネカ著　塚谷肇訳（近代文芸社　二〇〇五年）

水上　勉

——正岡子規『仰臥漫録』・太宰治『晩年』

四十歳をすぎてから『霧と影』や『雁の寺』で文壇デビューを果たした作家水上勉は、実に三十数種の職業を転々としたことでも知られている。分教場の教員から職業紹介所の職員、洋服の行商から繊維新聞の記者、男性服のファッションモデルまで、この世に「遅咲き」の作家は数あれど、水上勉くらい俗世の底を這いずり回ってきた直木賞作家も珍しいだろう。

水上勉は、一九一九（大正八）年三月八日に、福井県大飯郡本郷村岡田第九号二十三番地の貧しい棺桶大工の子に生まれた。「本郷村岡田」は福井県の西部、京都府境をながれる佐分利川のほとりにある人口六十三戸の小集落で、勉は長男守のすぐ下の次男、すぐ下の弟に弘、亨、祐《たすく》、妹に志津子がいたが、そのうちの弘は生後三ヵ月で死んでいる。勉は十歳で臨済宗相国寺塔頭《たっちゅう》瑞春院に徒弟見習として入り、いったん本郷に帰ったあと、翌年二月に得度式をうけ、瑞春院の小僧（僧名大猶集英）となるのだが、まもなくそこを脱走し、八条坊城の六孫神社のウラで下駄屋を営んでいた母の兄順吉の家へ転がりこむ。そして翌日市内をフラフラあるいているところを巡査にみつかり、行方を追っていた瑞春院にふたたび連れもどされ、その日のうちに相国寺塔頭の別院である玉龍庵の坂根良谷師という和尚のもとに引き取られて修業を再開、その後衣笠山等持院の二階堂竺源《ちくげん》師のもとに弟子入りして、僧名を集英から承弁と改める。経をおぼえ、何とか小学校を終えて、大徳寺よこにあった禅門立紫野中学校に通いはじめるのは、その年（昭和六年）の四月のことである。

そして、その紫野中学を卒業してすぐ、またも水上勉は寺から脱走、今度は確信犯的に「還俗《げんぞく》」し、ふたたび下駄屋をやっている伯父順吉の家へゆき、「もう伯父さんに迷惑はかけへん。何でもいいから定職について、わし、夜学に通いたいんや」と宣言する。

その頃の心境を、水上勉は初期の自伝的エッセイ『わが六道の闇夜』のなかでこう書いている。

等持院を出て、還俗した理由には、つまり自分勝手な理屈しかないわけだが、とにかく禅宗坊主の虚偽世界に倦きがきたこと。倦きがきたとは生意気な言い分にちがいないとは思うが、しかし、優秀な雲水になる才能も辛抱もない自分がよくわかれば、寺を出るしかないではないか、という考えからきている。あとから思うと、もう一つ無意識ではあるが、俗世へのあこがれと、迫ってくる徴兵検査への恐怖がないあわさってあった。

つまり、還俗とはいっても、これは幼い水上勉のいわば職場放棄であり、さんざん世話になり中学まで上げてくれた和尚の恩に後ろ足で砂をかける脱走といってよかったろう。しかし、本人がいうように、水上勉少年はこの何年間かの修業生活のなかで、さまざまな寺の世界の矛盾、たとえば妻帯している和尚の日々の放蕩ぶりや、檀家庶民からもらったお布施によるゼイタク三昧の飲食ぶりなどをみるにつけ、ホトホト寺

での修業がイヤになったこともじじつだったのである。そして同時に、遠い中国で昭和七年九月、満州事変が勃発したのをきっかけに俄かに戦雲がただよいはじめ、その頃すぐそこまで近づいていた軍靴の音に耳をたてる自分がいたということもたしかだったろう。

水上勉はしばらく伯父の下駄屋で働いたあと、むぎわら膏薬の「西村才天堂」の行商に従事、昭和十二年十八歳で立命館大学文学部国文学科に入学するのだが、それも長くつづかず同年十二月には退学してしまう。何しろ昼間は膏薬の行商で足を棒にしてあるき、夜になると重いズック鞄を下げて立命館に通学するのだから、途中で挫折したのも当然だった。大学を辞めるのと同時に「才天堂」も辞め、堀川上長者町の染物屋の二階に転居し、京都小型自動車組合の集金人を二、三ヵ月やったあと、京都府満州開拓青少年義勇軍の応募係となって、府内のあちこちを回るのだが、やがて自分自身が満州ゆきを決意、昭和十三年八月、神戸から「はるぴん丸」に乗って満州に渡り、奉天の国際運輸会社で苦力《クーリキ》監督見習として労働するのだが、僅か三ヵ月後の十一月に喀血して、急ぎ奉天大学そばの病院に入院ということになる。

水上文学ファンならだれもが知るところだが、水上勉が急速に「文学」に近づくのは、昭和十四年二月に若狭に帰郷し療養しているあいだ、ヒマつぶしにめくらめっぽう文学書を読み漁りはじめたあたりからだったろう。若狭の古書店という古書店をめぐり、満州から送られてくる一年期限付きの療養金を本買いに使い果たす。谷崎潤一郎、芥川龍之介、永井荷風、宇野浩二なんかを耽読、とくに谷崎の『痴人の愛』や宇野浩二の『蔵の中』『軍港行進曲』などには文学好きの血がさわいだ。そして同年七月「月刊文章」の投稿欄に、初めて「自惚の限界」という短文を送って掲載される。八月に徴兵検査をうけたが、幸いにも（？）肺にレントゲンでもわかる欠陥があるということが判明し、丙種合格となって出征をまぬがれ、その後も「月刊文章」に「日記抄」と題した作品を投稿して、高見順の選で佳作をもらったりする。

　そしてついに、満州からの給与が途切れた翌十五年四月に文学を志すべく上京、以前から文通していた農民作家の丸山義二氏の紹介で日本農林新聞社に入社し、丸山義二の友人だった左翼作家の細野孝二郎を識《し》る。のちに朝日新聞社副社長、テレビ朝日社長となる田代喜久雄や岡本博、高橋二郎らと同人誌「東洋物語」や「審判」に加わって、本格的に文学への道をあるきはじめるこのあたりのことは、後年水上勉が発表したエッセイ『私の履歴書』にくわしい。

丸山義二氏の世話で早稲田大学の仏文、芸文の学生の同人誌「東洋物語」に入ったのは、昭和十五年だった。同人に田代喜久雄氏、岡本博氏、高橋二郎氏がいた。ぼくは、「山雀の話」という五十枚ぐらいの短篇を書いた。処女作である。三島正六氏（三島霜川氏の令息）を知り、彼のつとめる報知新聞に移ったのが十六年。ぼくは校正課で尾崎士郎の連載小説「青春紀聞」の校正を担当した。報知新聞はいまのそごうデパートのある場所だった。その間に、春秋社から東中野の日本閣うらにあった寿ハウスという木造アパートに越した。

中央沿線に住むのがぼくの当時の夢だった。若狭にいる時から、「中央沿線作家」というふうなよび名が雑誌に出ていてその沿線に住めば、沿線作家たちの風貌にどこかで接することができるかもしれないという、そんな夢である。細野さんは上落合にいた。かいわいは林芙美子を筆頭に大江賢次氏ら文士の家が多かった。ぼくは寿ハウスに住むK女を識り、やがて同棲して一子をもうけたが、肺病再発で失業、子をK家にもらってもらって別れた。同人雑誌は八誌に合同を命ぜられ、ぼくらの「東洋物語」は東大派の「作家精神」と合流。誌名「新文学」。独逸文学者の菅藤高徳氏の宅が編集所になった。ここでぼくは野口富士男氏、梅崎春生氏を識った。

とつぜんプライベートな話になって面喰わせるかもしれないが、ここに書かれている「寿ハウスに住むK女を識り、やがて同棲して一子をもうけたが、肺病再発で失業、子をK家にもらってもらって別れた」の部分にある一子というのは、かくいう筆者である私のことである。つまりK女というのは私の「実母」のことで、私は水上勉の初めての子であり、生後二年ちょっとで離別した「実父」にあたることになるわけだが、その話はあちこちの本にも書いてきたし、肝心のこの「枕頭の一書」の主旨が横みちにそれる可能性があるので、ここではそのことにはあまりふれないことにしたい。

ともかく、水上勉はこの頃（昭和十六年から十八年にかけて）から、肺病を病みながら酒におぼれる自堕落な生活をおくるなか、ようやく就職した映画配給会社で知り合った M 女と結婚、その後は日本電気新聞に移るのだが、昭和十九年になって空襲が激化してくると、若狭に疎開、福井県大飯郡青郷国民学校高野分校の助教に赴任するも、五月に怖れていた召集令状がきて、京都伏見の第十六師団中部第四十三部隊輜重輓馬教育班に入隊する。七月除隊となり、再び高野分校で教鞭をとる。同年春に女児淳子が生まれたが、栄養不良で幼く死亡。昭和二十年二十六歳になってから助教を辞めて再上京し、千代田区鍛冶町で妻の叔父の経営する封筒工場「一厘社」の二階に移り住み、その叔父が資金提供してくれて「虹書房」という出版社をおこし、文芸誌「新文芸」を発刊する。

しかし、思いつきではじめたその「虹書房」の「新文芸」は、最初のうちは中島健蔵、上林暁、丹羽文雄、太宰治ら当時すでに注目されていた新進作家からの寄稿をうけて、何とか順調に刊行されていたのだが、しだいに経営のやりくりがつかなくなって一年ももたずに倒産、文潮社へと移る。そして昭和二十二年、なぜか「虹書房」の倒産後も水上勉と親しく交流してくれていた宇野浩二と湯河原旅行した頃に、初めての長編自伝小説『フライパンの歌』を書いて、思いがけなくそれが評判をよびベストセラーになるのである。その頃本郷森川町の双葉館を定宿にしていた師である宇野浩二のもとにひんぱんに通い、口述筆記をやらせてもらうことになったのも、知らず知らずのうちに水上勉のペンを鍛える「文学」の力になっていたことはまちがいないだろう。

だが、『フライパンの歌』一冊がヒットしたからといって、それですぐ筆一本で食べてゆけるほど文学の世界は甘くない。宇野浩二の口述筆記を手伝いながら、「季刊文潮」に「わが旅は暮れたり——序章雁の寺」を書いたり、同じ文潮社から童話集「父の母子の舟」を出したりするが、生活は困窮するいっぽうで、三十歳のときに妻M女が三歳の娘蕗子をのこしてとつぜん家出、その後蕗子をかかえて弓町色楽館、東大農学部前、真砂町などの下宿を転々とし、エクトル・マロー原作『家なき子』のダイジェスト版を小峰書房刊「小学生文庫」の一巻として出版したり、日本写真通信社の嘱託として、小学生向けの幻灯写真の脚本、「野口英世伝」「アンデルセン物語」「五重塔物語」などを書くのだが、いっこうに世間はふりむいてくれない。

そんな『フライパンの歌』出版前後のことは、『私の履歴書』にこう書かれている。

甲斐性のない失業男が、女房をダンスホールに働かせて、二歳の女の子と浦和の農家の土蔵で暮らす貧乏物語は、どういうわけか版をかさねた。文潮社にいた池沢文雄氏が、立看板で、ぼくの本を宣伝してくれたことも因である。映画化の話までおき、島耕二氏や八木沢武孝氏に熱海に招かれ脚本の打ち合わせまでした。結局実現しなかったが、その話で多少の収入もあった。腰を落ちつけて、精進次第では道もひらける可能性が訪れていたのに、ぐうたらで酒に溺れる毎日だった。

文潮社の企画をまかされて宇野先生の紹介で室生犀星、山本有三両先生の復刻本の編集をした。同社の季刊誌に、田中英光さんの小説を依頼に行ってから、田中さんとよく呑むようになった。田中さんは六尺近い巨漢で酒量もケタをはずれ、酔っていても屋台をもちあげるぐらい力があった。田中さんは、伊豆三津浜の家から上京くださり、東京の小出版社の集金を終えるとぼくを飲み屋へよんでくださった。

M女は、ある日、八百屋へ買い物にゆくなりで出たまま土蔵へ帰らなくなった。

あいそをつかされたことがわかるのに時間がかかった。このことは「冬の光景」という作品に詳細に書いたので省くけれど。子まで捨てて出ていったM女には、もはや、そのようにするしか道がなかったにちがいない。

ぼくは三歳になったばかりの子をあずけられて途方にくれた。森川町の宇野先生宅での口述筆記や、文潮社の嘱託でどうやら喰いつないではいたものの、やはり、酒はやめられなかった。童話を書いたり、幻灯写真の脚本を書いたりもしたが、みな生活のためのもので、その仕事をいのちがけで深めていくものなど書けていない。いや、書く力がなかったのである。

死ぬほど恋い焦がれる「作家」への道でありながら、文学の精進に徹することができず、相変らずぐうたらな深酒生活から脱することができない父水上勉の自責と苦衷の心中が綴られているが、その甲斐性のない失業男にようやく薄日が差しはじめるのは、M女と離婚した四年後に文京区富坂から松戸市下切に転居した頃、洋服の行商中にたまたま知り合った西方叡子（叡子は北九州の真宗寺院の娘だった）と再婚してから

だった。若狭にあずけていた長女蕗子を呼び寄せ、それまで勤めていた繊維経済研究所の「月刊繊維」の編集、友人山岸一夫とはじめた「東京服飾新聞社」が創刊した「東京服飾新聞」などに見切りをつけ、当時世評が高かった松本清張の『点と線』に触発されて、推理小説『霧と影』に取り組みはじめた頃から原稿紙に向う日が多くなった。川上宗薫や菊村到といった作家と知り合ったのもその頃だ。

昭和三十四年八月、四十歳のときに河出書房新社から刊行した『霧と影』が予想外の評判をよび、初めて直木賞候補作に推挙され、つづけて翌三十五年七月に出した『海の牙』『耳』で再び直木賞候補となる。そして昭和三十六年四十二歳で、『海の牙』により第十四回探偵作家クラブ賞を受賞、三月に「別冊文藝春秋」に発表した『雁の寺』で、ついに第四十五回直木賞を受賞する。その後、一千五百枚を超える社会派推理小説『飢餓海峡』を「週刊朝日」に長期連載し、この小説はその後半世紀にもわたって何ども映画化、舞台化され、水上勉の文名を不動のものとした。月産一千枚という超売れっ子作家になった水上勉は、東京世田谷成城町の一等地に転居、昭和三十八年から『越前竹人形』、『五番町夕霧楼』、『越後つついし親不知』といったいわゆる水上文学の真骨頂ともいえる小説を次々に発表、それらの作品もことごとく有名映画監督や演出家の眼にとまって、映画化され舞台化され、そのうち水上勉自身が発案し、演出する「竹人形芝居」の世界へと発展してゆく。

飛ぶ鳥を落す勢い、とはまさにこのことだったろう。水上勉が『雁の寺』で直木賞受賞を果たした四十代初め頃から五十代に入る頃までの作品の多産ぶり、そしてそれらの作品によって文学賞という文学賞を総ナメする時期は、それまでの怠慢生活を取りもどすにじゅうぶんの活躍といえたろう。『越前竹人形』が菊田一夫の演出で芸術座で上演されたのを皮切りに、『五番町夕霧楼』が劇団新派により新橋演舞場で上演され、それらの作品群は映画、舞台、テレビドラマ化によってさらに多くのファンを獲得、そして昭和四十一年四十七歳のときに、障害をもって産まれた次女直子をモデルに書いた『くるま椅子の歌』で第四回「婦人公論」読者賞を受賞、『城』で「文藝春秋」読者賞を受賞。ついにはその年直木賞の選考委員にもえらばれる。初めての全集『水上勉選集』全六巻が新潮社から出た二年後の昭和四十五年になると、五十歳で発表した『宇野浩二伝』で翌年の第十九回菊池寛賞を受賞。五十四歳で発表した『北国の女の物語』で第七回吉川英治文学賞、『一休』（中央公論社刊）で第十一回谷崎潤一郎賞、『寺泊』（筑摩書房刊）で第四回川端康成賞を受賞……。

しかし、昭和六十一年六十六歳のとき故郷若狭・大飯町に水上文学の綜合施設（？）とでもいうべき「くるま椅子劇場」を併設した「若州一滴文庫」を設立、日本芸術院賞、恩賜賞を受賞し、文字通り日本文壇の重鎮ともいえる地位を得た数年後、水上勉はとつぜん心筋梗塞におそわれて緊急入院するのだ。平成元（一九八九）年六月に日中文化交流協会を代表して中国を訪問中に、民主化をもとめる学生、市民にむけて人民解放軍が発砲するという「天安門事件」に遭遇、デモ隊と軍部との衝突劇を、滞在していたすぐ近くの北京飯店の部屋から目撃したことに精神的ショックをうけた水上勉は、帰国直後に成城の自宅でたおれ、救急車で国立第二病院に運ばれて緊急手術をうけ、九死に一生を得るのである。

水上勉はそのときの中国天安門での目撃体験を、二年後に文藝春秋社から『心筋梗塞の前後』という本にまとめているが（転んでもタダでは起きないとはこのことだろう）、そこに綴られた走り書きのようなメモからは、その夜天安門で起った軍部と市民の対決の光景が生々しくうかびあがってくる。

四時すぎ、小さな銃音つづき、長安街は騒然たり。交差点のバリケード用三台の中古バスのうち炎上中の一台のタイヤ四輪がとつぜん爆発し、四個の爆弾炸裂音の如し。群衆より拍手起きたるは妙なり。やがて広場の方角より装甲車ひびきをたて来たる。市民、学生、蹴ちらかされる如く小路または建物、樹木のかげに潜む。飯店七階より双眼鏡で見下ろしているため、シャツ姿の若者、女性等、手をつないで走るはまこと蟻なり。多くは走りつかれて街路樹の下にかたまりて、しゃがめり。隣りのビルは『中国照相』と看板をかけたり。その三階の窓から室内丸見え。机、椅子あるだけで人影なく、みな窓によりて、外を不安げに見つめるは当方も同じなり。装甲車、王府井を通過するとき、飛行機の低空飛行の音に似てブーンというなり。五時三十分。交差点に罵声激し。バルコニーに出てみるに、二台目の中古バスに火はすでにつけられたり。黒煙、さらに空にまいあがる。市民の放火せしものか、学生か、よくわからず。市民火の手のあがるを見、また拍手する者あるは妙なり。曳光弾しきりと空より落ち来たり、薄明の長安街は真昼の如し。パパーン。西方で機関銃の音しきりにし、また、南方、さらに西方の遠くより空に轟く激音。郊外の方で戦闘起こりたるか？　あるいは天安門に起きたる轟音か。長安街は高層ビルの林立する通りたるが故に、西からぬける音、東からはね返すやもしれず。バス二台炎上は街路上の大火なり、炎ゆらめき、黒煙は王府井入口に猛りて、空へあがれり、王府井厠よこの露地に集まる人々、各所に集会、散会をくり返せり。人だかりはみるみる大きくなり、情報交換の様子なり。七時。また、天安門に銃音はげし。七時三分、天安門テント村に活躍していた（一日午後散策の時に見た）医療団の一行二十数名。白旗を掲げ、長安街より王府井に来り左折す。わきに血みどろの人ありて板にのせたる三輪車にてはこばれてゆくなり。白衣を着たる男性は十五、六名、女医も数名、王府井通り北方に病院四ヶ所ある由。なかに紅十字病院あり、医療団は、紅十字の旗も一本掲げたるはものものし、七階の飯店より双眼鏡で見るに、北方の病院は、寺院如き、青き屋根瓦をみせ、幾棟もならびてあり。

水上勉の「天安門事件」目撃メモはこんなふうに書き出され、その混乱、惨状、理不尽な光景を目の当りにした自身の恐怖、怯えが臨場感をもって伝えられているのだが、このときすでに、水上勉の体調に帰国直後の心臓発作を予感させる微妙な兆候があったこともしるされている。

「事件」が過熱するにつれて、水上勉を団長とする日中文化交流協会一行にも危機感がつのりはじめ、いかにして北京を安全に脱出し、日本への帰国便に搭乗するかを急きょ一同で検討しはじめ、どうやら明日には手配した日航機に乗れそうだというところまでこぎつけたのだが、そのあたりのメモにはこうある。

団員のN女史が、長安街側の部屋にいては眠れない、と五日夜申出たので、服務員に交渉して廊下の突き当たりの、隣接ビルに面した窓の暗い部屋へ移ってもらった。十二時だったたか。私はN女史のツインベットの部屋で、協会のHさんと二人で、N女史をなぐさめた。翌朝は、危険きわまる（と思われる）北京飯店を脱出できて、

空港へゆけるのであった。空港へゆけば、臨時便も出るだろう。とりあえず、中南海や、天安門に近い、騒動の中心地から逃げられるのだから安心せよ、いよいよ対外友好協会が尽力してくれている、となぐさめたのである。だが、そうはいってい ながら、Hさんに、まだ、最悪の場合、車で北京脱走は可能だろうか、などと、相談し、大連へゆくのには、何時間かかるだろうか、などといったりしていたから、N女史はますます不安だったかもしれない。まことに、頼りない団長だった。足が宙に浮いて、心もとない眼つきをしていたように思う。心筋梗塞の兆候はすでにあって、胸の谷間の奥の左心房のあたりが、キリキリと痛んでいたこともたしかだった。人にはリューマチだといっている右手指三本もぴりぴりしびれているのはいつもとかわりなかったが、軀に押し寄せてくる心筋梗塞発作直前の信号に気をくばる余裕はなかったのである。あすはいよいよ、この北京飯店ともおさらばだ、脱出できそうだと緊張がつづいていたせいだろうか。

これを読むと、このときの「天安門事件」を直接目撃した北京滞在中の一九八九(平成元）年六月三日、水上勉の身体には静かに心筋梗塞の危険が迫っていたことがわかる。団長として協会員のN女史を励ましているあいだにも、胸部に「キリキリとした痛み」を感じ、右手指三本にも「ぴりぴりとした痺れ」の症状があらわれていたが、それが数日後の心臓発作につながるものであることに注意をはらう心の余裕がなかったともいえる。それほど、中国の民主化運動に参加した市民や学生たちを、容赦なく解放軍が殺りくしてゆく地獄図が、その夜の水上勉に尋常ならざるショックをあたえていたということなのだろう。

幸い、一行が念願していた翌日の日航の臨時便には全員搭乗できることになって、朝早く対外友好協会が手配した車に分乗、無事水上勉は翌六日午前中に羽田空港に帰り着いたのだが、成城の自宅に着いた翌早朝、おそれていた心筋梗塞の発作がやってくる。

遅くまで家人と話しこんでから、二階の書斎にあがって何紙かの新聞に眼を落し、いざベッドに入ろうとしたとき、とつぜんふだんとちがう呼吸の苦しさと胸部の痛みをうったえた水上勉は、そのまま叡子夫人が呼んだ救急車に乗せられ、一、二の病院に当直医がいないなどという理由で断わられたものの、約一時間後には東京駒場にある東京国立第二病院心臓外科に運びこまれ、待機していた石川真一郎医師の執刀によって急きょバルーンカテーテル手術が行なわれ、とにもかくにも一命を取りとめたのである。

だが、七十歳になった水上勉をおそったこの心筋梗塞が、晩年の作家生活を大きく変えた。

二年後の一九九一（平成三）年の暮れ、水上勉はそれまで暮していた軽井沢南が丘の山荘をひきはらい、長野県北佐久郡北御牧村（現・東御市）の勘六山中腹に新しい庵をつくり、執筆のかたわら陶芸、絵画、竹紙漉き、畑仕事など晴耕雨読の生活をおくるようになった。陶芸では「骨壺」をつくって、東京や京都で個展をひらいたりした。もともと料理の得意だった（等持院の小僧時代に習っていた）水上勉は、たまに東京からやってくる顔みしりの編集者や女優、新人作家たちに、自分で収穫した野菜を使った手料理をふるまって喜ばせた。それらは、その後『土を喰う日々』や『精進百撰』といった好エッセイ集となって出版され、雑誌「サライ」に十三年間にわたって連載された画文集『折々の散歩道』などとならぶ、水上勉の最晩年の「自然回帰」を表わす好著となったことはよく知られる。

しかし、病の手がゆるむことはなかった。七十九歳で罹った眼底出血と網膜剝離で二ど手術、第二回親鸞賞を受賞した（車椅子で出席した京都での授賞式には私も同席させてもらった）『虚竹の笛』を出版した頃から急速に視力が低下、執筆にも支障をきたすようになり、避寒のため沖縄やハワイに療養に行ったり、鹿教湯《かけゆ》温泉でリハビリに励んだりするが、体力の衰えは如何ともしがたく、二〇〇三年には「サライ」に連載していた『折々の散歩道』も三百回をもって終了する。

水上勉がついの住処《すみか》と定めたその長野県東御市の仕事場で、八十五歳で肺炎によって息をひきとったのは、二〇〇四（平成十六）年九月八日のことである。

では、そんな水上勉が臨終の床にあって読んでいた本は何であったか。

とにかく北御牧村勘六山の水上勉の山荘（といっても五部屋も六部屋もある豪勢な大山

荘だったが）は、どこもかしこも書棚だらけで、亡くなったときのベッドの周りも書棚にかこまれていた。一応血縁者の一人ということになっている私は、父の山荘には何ども見舞いにゆき、息をひきとる直前にもベッドのわきにいたのだが、ふしぎと父の「枕頭の一書」が何であったかおぼえていない。

たしか体調がだいぶ悪くなって、ほとんど一日じゅう寝たきりの生活になってから、父がベッドでぺらぺらとめくっていたのは正岡子規の文庫本だったような記憶があるのだが、その題名がどうしても思い出せない。そこで、同じ山荘の離れに陶房をかまえ、日々師水上勉の看病につくし最後を看取った陶芸家の角りわ子さんや、家事全般を一手にまかなっていた長女の蕗子さんに、父親が病床で読んでいた本は何だったかときいてみたところ、私がみたという正岡子規は『仰臥漫録』で、もう一冊、読んでいたかどうかわからないが、太宰治の新潮文庫版の『晩年』がふとんのなかに持ちこまれていたという。

私は自分がみた正岡子規は、たぶんあの有名な『病牀六尺』だったのではないかと想像していたので、それが『仰臥漫録』だったというのはちょっと意外だった。いうまでもなく『病牀六尺』は、結核性カリエスによって子規が衰弱死する直前まで（明治三十五年五月より九月まで）、新聞「日本」に連載した闘病下の写生句、雑感随筆をまとめた名著だが、『仰臥漫録』はそれより一年ほど前に書かれた絵入りの日記二冊を一冊にしたもので、こっちのほうが（絵の好きな水上勉にとっては）寝ながら読むのに適していたにちがいない。

また、水上勉が『仰臥漫録』に惹かれた理由はもう一つある気がする。

正岡子規の代表作品とよばれる『病牀六尺』『墨汁一滴』は、結核性カリエスに蝕まれた子規が、その極まりなき苦痛のなかにあっても精神的余裕を失なわず、作句や写生について語る箴言がいくつも散りばめられている本だが、『漫録』はもっと子規の内面にある人間性というか、人間的弱さといっていい部分が正直に吐露されている書である。しかも、その赤裸々な告白が、すこぶる呑気でゆったりとした筆触《タッチ》で描かれた一筆書きの植物や食物、窓辺風景や糸瓜《へちま》や夕顔のスケッチと相俟って、何ともいえないユーモラスな子規の死との距離がしめされ、むしろ読む者の心をほっこりとさせるのである。

たとえば、『仰臥漫録』の最初は、ぷらんと棚先にぶら下った糸瓜の絵とともにこんな文章と俳句ではじまる。

明治卅四年九月二日　雨　蒸暑
庭前の景ハ棚に取付けてぶら下りたるもの
夕顔二、三本　瓢二、三本　糸瓜四、五本　夕顔とも瓢ともつかぬ巾着形の者四つ五つ
女郎花真盛《おみなえしまつさかり》　鶏頭尺より尺四、五寸のもの二十本許

夕顔の実をふくべとは昔かな
夕皃《ゆうがお》も糸瓜《へちま》も同し棚子同士
夕皃の棚に糸瓜も下りけり
鄙《ひな》の宿夕皃汁を食はされし

右八月廿六日俳談会席上作
夕顔の太り過ぎたり秋の風
棚一つ夕皃ふくべへちまなんど

病床のながめ
棚の糸瓜思ふ処へぶら下る
試みに名をは巾着ふくべかな
取付て松にも一つふくべかな
子を育つふくべを育つ如きかも
雨の日や皆倒れたる女郎花《おみなえし》
雨の日を夕皃の実のながめかな
蟬なくや五尺に足らぬ庭の松
糸瓜ぶらり夕顔だらり秋の風

病間に糸瓜の句など作りける
野分近く夕顔の実の太り哉
湿気多く汗ばむ日なり秋の蠅《はえ》
鶏頭《けいとう》のまだいとけなき野分かな
秋もはや塩煎餅に渋茶《しぶちゃ》哉

朝　粥四椀、はぜの佃煮、梅干砂糖つけ
昼　粥四椀、鰹のさしみ一人前、南瓜《かぼちゃ》一皿、佃煮
夕　奈良茶飯四椀、なまり節煮て少し生《なま》にても　茄子一皿
この頃食ひ過ぎて食後いつも吐きかへす
二時過牛乳一合ココア交《まぜ》て
煎餅菓子パンなど十個ばかり
　昼飯後　梨二ツ
夕飯後　梨一ツ

服薬はクレオソート昼飯晩飯後各三粒（二号カプセル）
水薬　健胃剤
今日夕方大食のためにや例の左下腹《したはら》痛くてたまらず　暫《しばらく》にして屁《へい》出で筋ゆるむ
松山木屋町法界寺の鮹施餓鬼《どじようせがき》とは路端に鰌汁商ふ者出るなりと　母なども幼き時祖父どのにつれられ弁当持て往てその川端にて食はれたりと　尤《もつとも》旧暦廿十六日頃の闇の夜の事なりといふ

餓鬼も食へ闇の夜中の鰌汁

午後八時腹の筋痛みてたまらず鎮痛剤を呑む　薬いまだ利かぬ内筋ややゆるむ
母も妹も我枕元にて裁縫などす　三人にて松山の話殊《こと》に長町の店家の沿革話いと面白かりき
十時半頃蚊帳《かや》を釣り寝《しん》につかんとす　呼吸苦しく心臓鼓動強く眠られず　煩悶を極む　心気やや静まる　頭脳苦しくなる　明方少し眠る

こんな調子で、子規の俳句と闘病と日常雑記を綴った『漫録』ははじまるのだが、ふと気づかされるのは、こうしたきわめて深刻な病状にありながら、どこか飄々とし軽妙にすら思える糸瓜や瓢簞《ひょうたん》を詠んだ句作群が、もはやすぐ眼の前に迫っていた「死」との対峙下において生まれたものだということじつである。もはや全身を蝕んでいたカリエスの激痛と、食べれば嘔吐し、数滴の水をほすのにも首を曲げることさえできず、日々痩せ衰えてゆく病魔との闘いのなかにありながら、子規がこの『漫録』を綴っていたということじつである。

同じように病臥のベッドにあった水上勉の手が、しぜんとこの本にのびたのは、この子規の悠然泰然たる「詠むこと」「記録すること」「描くこと」への姿勢、態度に、すぐそこまできている自らの「死」に対する理想的な対処の在り方を見い出したのではないだろうか。「ああ、自分も子規の眼にうつる糸瓜や瓢簞のように、騒がず慌てず風にゆられるようにこの世に別れをつげたいものだ」と。

「サライ」に十三年間、自身で漉いた竹紙に描いた絵、それに添えた短文を連載しつづけた水上勉の晩年は、何より絵筆に余命をささえられて生きた人生だった。そんな無類に「絵好き」な水上勉であったからこそ、尚更子規の『仰臥漫録』の悠々たる絵心に心服し、そこに書かれている闘病記や写生記の一つ一つが、水上勉自身の「死」への覚悟をかためさせるのに役立ったといえるのではないだろうか。

子規の没後、夏目漱石が「子規は死ぬ時に糸瓜の句を咏んで死んだ男である。だから世人は子規の忌日を糸瓜忌と称へ、子規自身の事を糸瓜仏となづけて居る」と、故人の悠揚せまらぬ最期を讃えていたことは有名だが、水上勉もまた『仰臥漫録』を読んで、「自分も棚先に下がる一個の糸瓜になって死んでゆけたら」と願っていた作家だったことはたしかだろう。

ところでもう一冊、水上勉がふとんに持ちこんでいたという太宰治『晩年』とはどんな作品だったか。

『晩年』は太宰治（本名津島修治）の第一創作集といわれ、いわば処女出版にあたる作品集として、一九三六（昭和十一）年に砂子屋書房から刊行された本だが、ふしぎなことにそこには、「晩年」という作品は収録されていない。「葉」「思い出」「魚服記」

「列車」「地球図」「猿ヶ島」「雀こ」「道化の華」「猿面冠者」「逆行」「彼は昔の彼ならず」「ロマネスク」「玩具」「陰火」「めくら草紙」といった十五篇の短編小説が収められているなかに、「晩年」という題名の作品はないのである。すなわちこの第一創作集は、当時二十七歳だった太宰治が、もっと若い頃に書いた作品をあつめ「晩年」という総題をつけて上梓した本なのである。

なぜ太宰治は、自らの文学の出発点ともいえる第一創作集を『晩年』というタイトルにしたのか。

太宰治はその理由について、「『晩年』は私の最初の小説集なのです。もう、これが、私の唯一の遺書になるだらうと思ひましたから、題も、『晩年』として置いたのです」(「「晩年」に就いて」初出=「文筆」二月号 一九三六年、『太宰治全集 11巻』筑摩書房 一九九九年)とのべているが、まったくその通りの心境だったと思われる。太宰の文学は、自身が自らの生命を断つということを前提のもとに出発し、そしてだれもが知る通り、太宰はこの本が刊行された十二年後の一九四八(昭和二十三)年六月十三日、愛人山崎富栄と玉川上水で入水自殺をとげている。そして、その死にいたるまでの十二年のあいだに、『ダス・ゲマイネ』や『走れメロス』や『東京八景』、『津軽』や『斜陽』や『人間失格』といった、一種コンプレックス文学（こんな文学はどこにもないのだが）とでもいうべき太宰治特有の、人間の内的事実をつきつめた数々の名作を発表するのである。『晩年』について太宰治はこうも書いている（「「晩年」に就いて」、初出「文芸雑誌」一月号　一九三六年、『太宰治全集　11巻』）。

私はこの短篇集一冊のために、十箇年を棒に振った。まる十箇年、市民と同じさわやかな朝めしを食わなかった。私は、この本一冊のために、身の置きどころを見失い、たえず自尊心を傷つけられて世のなかの寒風に吹きまくられ、そうして、うろうろ歩きまわっていた。（略）舌を焼き、胸を焦がし、わが身を、とうてい恢復できぬまでにわざと損じた。百篇にあまる小説を、破り捨てた。原稿用紙五万枚。そうして残ったのは、辛うじて、これだけである。これだけ。（略）けれども、私は信じて居る。この短篇集、『晩年』は、年々歳々、いよいよ色濃く、きみの眼に、きみの胸に滲透《しんとう》して行くにちがいないということを。私はこの本一冊を創《つく》るために

―のみ生れた。

本当にこの『晩年』を書き上げるために、それほどの（五万枚もの原稿用紙を破りすてるほどの！）犠牲と苦悩を自らに強いたのかと疑いたくなるほどの告白だ。先にのべたように、この創作集『晩年』に収められているのは、ほとんどが昭和七、八年の満二十三、四歳の頃に執筆されたものが大半で、刊行時に書き下ろされた作品は一つも見当たらないからである。

同時に、いったいこれほどまでに太宰の心を「死」にむかわせ、「自死」を決意させた理由は何だったかという思いにも突き当たる。こうした太宰の「死」への埋没は、昭和十六年一月の「文學界」に発表された自伝的小説『東京八景』にえがかれた青春期の女性関係や、そのたびに繰り返される自殺未遂事件などを通して、いかに太宰が若くして絶望的な青春の蹉跌を経験してきたかということにもつながってくる気がするのだが、どちらにしても太宰治は第一創作集（正確にいえば第一創作自選集）である『晩年』をもって、自らの「文学」を終結させる願望にのみ「生きる意味」を見い出そうとしていたことはじじつなのだろう。

だが、意外なことに、こうした「死」への覚悟と願望をテーマとした第一創作集『晩年』であるにもかかわらず、収められた十五篇の作品には、それほど切羽つまった死生観とか宿命観とかはえがかれていない。むしろ拍子ぬけするくらい明るく、真ッ正直で晴々とした青春期の感傷がえがかれているのである。

一例をあげるなら、『晩年』の一番最初の小説「葉」は、昭和九年四月の同人誌「鸛《こうのとり》」に発表された二十四歳のときの作品だが、その冒頭にはフランスの象徴派詩人ヴェルレエヌの、

撰ばれてあることの
恍惚と不安と
二つわれにあり

という短詩がかかげられ、それにつづけて、

死のうと思っていた。

——という些《いささ》か唐突ともいえる一行がしるされていて、それがいかにも太宰らしい、青春期の心の揺れをあらわす文章として印象的なのだが、その「死のうと思っていた」のつぎにつづく文章で、ガラリとふんいきは一変する。

——ことしの正月、よそから着物を一反もらった。お年玉としてである。着物の布地は麻であった。鼠色のこまかい縞目が織りこめられていた。これは夏に着る着物であろう。夏まで生きていようと思った。

何のことはない、「死のうと思っていた」男が、お年玉で貰った夏物の着物を着るために、「夏まで生きていようと思った」と簡単に宗旨替えをするのである。正直といえば正直、よくある話といえば話なのだが、一見軽々しく思えるこの文章の流れのなかで、太宰はそれがごく一般的な人間の「死」に対するしぜんな意識なのであり、感覚なのではないかと言っているのである。考えようによっては、これもまた若き日の太宰がいかに真っすぐに「死」と向き合い、日々煩悶していたかの証左であるといえるのかも知れない。

それにしても、病床にあった水上勉は、この『晩年』のどこに関心をもったのであろうか。

水上勉がこの『晩年』を完読したかどうかはわからぬが、ふとんのなかに持ちこんでいたくらいだから、十五篇中何篇かには眼を落したのだろう。

推測だが、やはり正岡子規の『仰臥漫録』同様、水上勉は寝たきりの床にあって、「死」への垣根を軽快にひょいと飛びこえるような作品を欲していたのだと思う。太宰の『晩年』には、多感な少年時代の体験を綴った「思ひ出」、故郷津軽の自然や伝説を背景に、孤独な野生少女スワの成長を童話的にえがいた「魚服記」、世間から虐げられてばかりの人にそそぐ無限の愛情と、その優しさがじつは人を傷つけ自分をも傷つけてゆくという切ない物語「列車」、津軽の方言を駆使した一片の詩劇ともいえる「雀こ」などなど、「死」に魅入られながらも生きようとする若き日の太宰治と、その「死」の魔力からのがれようとする太宰治との、モザイク模様のごとき精神世界をえがいたこの創作集『晩年』は、ある意味において水上勉にとっての、故郷若狭の幼年時代や、寺での修行生活、佐分利川のほとりですごした昔日の記憶をよみがえらせてくれる力をもっていたのではないかと想像する。

そういう見方からすれば、正岡子規『仰臥漫録』にも太宰治『晩年』にも（かなり内容的には異なる作品だが）、自らの死期を悟った水上勉が最後にすがった「文学」という強靭な生命力であり喚起力であったといえるのかもしれない。

亡くなる約一年前の二〇〇三年（平成十五）年十一月に出したエッセイ集『植木鉢の土』（小学館刊）にあるつぎの文章が、この二冊の枕頭の書に対する水上勉の心情をかなり正直に伝えている。たとえ病臥に伏していなくても、一定の老境に達した者であれば、だれもがうなずく「老い」の華やぎについての水上勉の独白である。

死の床で苦しんだ正岡子規に、「人間の力のますます華やいで、死に迫らんとする」という言葉がある。

老いはいつでもくるし、死もいつでもくるし、病気をすれば、死ななければならないし、浅間山も噴火するかもわからないし、大地震もいつ襲ってくるかわからない。それはいつも死と隣り合わせているということ。そういう認識をもつことが華やぐことだとわたしは思う。

そういう認識があるということは、ものを持たないという実証であろう。ものを持たない、老いるというと、世間ではマイナスとしてとらえるのだが、決してマイナスではないはずだ。

老人であるからこそ語れるという華やぎもあり、知識と経験も豊富であるということを条件として、考えられることを文芸とするならば、華やぎ以外にないだろう。

かつて文学は含羞を教えた。たとえば、太宰治の文学、小説にもそれは満ちあふれていた。

文学のもつ力を侮《あなど》ってはいけない。文学には力があるのだ。この気をもらったのは、いったいいつだったのだろうか、と振り返ったとき、遠い記憶の中から文学をたぐりよせることができるはずだ。忘れるぐらいに古いご縁で積もり積もっても、手あかにまみれていてもどこかでその人を支えるものが、文学、物語の世界なのだ。

◉枕頭の一書

『仰臥漫録』正岡子規著（改版　岩波文庫　二〇二二年）

『晩年』太宰治著（改版　角川文庫　二〇〇九年、新潮文庫　二〇〇五年）

・「枕頭の一書」への手引き

『わが六道の闇夜』水上勉著（読売新聞社　一九七三年、のち中公文庫、『水上勉全集』第12巻　中央公論社　一九七六年に収録）

『私の履歴書』水上勉著（筑摩書房　一九八九年、『新編水上勉全集』第二巻　中央公論社　一九九六年）

『心筋梗塞の前後』水上勉著（文藝春秋　一九九四年、のち文春文庫　一九九七年）

永井荷風

——森鷗外『渋江抽斎』

これまで大岡昇平、秋山駿、中野孝次、水上勉といった諸氏を取りあげ、（筆者の実親である水上勉をのぞいた）すべての方々を生前のご交誼に甘えてさん付けでよばせてもらってきたのだが、ここに登場するこの作家だけはさん付けでよぶ勇気がない。

私が十代半ばをすぎた頃にはすでに鬼籍に入られていたし（一九五九〈昭和三十四〉年四月、七十九歳で没）、そう多くの著作を読んだわけでもなく、当然一ども謦咳に接する機会などなかったという理由もあるのだが、別号を断腸亭主人、石南居士、鯉川兼待、金阜山人などとも称し、とりわけフランスの自然主義文学を代表する小説家ゾラの影響をつよくうけて、『あめりか物語』『すみだ川』『腕くらべ』『おかめ笹』『つゆのあとさき』『濹東綺譚』等々のほか、日記文学の最頂点ともいえる『断腸亭日乗』

を発表、明治末期から昭和半ばにかけて耽美主義的な作風で文壇を席巻し、晩年には浅薄な西欧文明の流入に対する嫌悪を誹《そし》りながら、江戸戯作の世界を沸騰とさせる花柳界、遊女廓界、さらに晩年になると浅草のストリップ小屋などにもさかんに出入りし、踊り子や私娼たちと交遊、多くの風俗小説にも才をしめした稀代の風狂作家にして怜悧な社会批評作家だった永井荷風を、とても「カフーさん」なんてよぶ気にはなれないのである。

やはり永井荷風は永井荷風、読者にとっては「荷風」（本名壮吉）とよぶしかない孤高の作家であるといってよかったろう。

それにしても、荷風は相当な「変り者」かつ「女好き」だったようだ。

そのちょっと変った経歴をふりかえっておくと、一八七九（明治十二）年東京小石川に生まれ、官立高等商業附属外語学校清語科（現在の東京外国語大学の前身）で学んだが、清元、踊、尺八の稽古に明け暮れ落語家に弟子入りして高座に上ったこともあったという。一八九八年、広津柳浪《ひろつりゅうろう》の門下に入り、翌年処女作「おぼろ夜」を発表。

その後福地桜痴のもとで歌舞伎座付作者となった。そして一九〇三年から五年間アメリカ、フランスに遊学し、帰国すると慶應義塾大学文学部教授に迎えられ、「三田文学」を主宰、『あめりか物語』『ふらんす物語』（刊行後発禁になる）をはじめ、『つゆのあとさき』『濹東綺譚』などの代表作を連発したのもその頃で、当時の和洋折衷の中途半端な日本文化を批判、江戸情緒のなかにある日本的美意識をそなえた作風は、新ロマン派ともよばれて文壇の寵児となった。そうした「詩情あふれる文明時評と鋭い現実批評、外国文学の紹介の業績」に対して、文化勲章が贈られたのは一九五二（昭和二十七）年で、翌々年には日本芸術院会員に推挙される。

だがいっぽうにおいて、その生活ぶりは「人間ぎらい」というか「世間ぎらい」というか、実生活に人を寄せつけることはなく、親類や兄弟とも行き来しない全くの一人暮らしを通した。反面、浅草や玉の井や吉原近辺にはよくゲタばき着流し姿で徘徊し、ストリップ劇場の踊り子たちと仲良く遊んだり、映画を観に行ったり、ときには楽屋で昼寝して帰ってくることもあった。荷風が浅草を愛したのは、浅草の観音さまが女性の裸体であったのが気に入ってのことだったとされるが、その頃の浅草では四季折々に色々な祭りや行事がおこなわれ、庶民があつまって一夜の遊興に酔いしれる生活観察が好きだったからというのが本当の理由という見方もある。孤高の一人暮らしを通しながら、荷風は庶民が集う生活の息吹きにふれることをこよなく愛したのである。そんな浅草散策のとき、荷風はいつも貯金通帳から判子、小銭入れ、筆記道具、眼鏡から読みかけの書物にいたるまでの生活用具の一切を愛用のズック鞄に入れて持ちあるいていたというのは有名な話だが、あるときその鞄をどこかへ置き忘れてしまい、そこには富士銀行の預金通帳から下ろしたばかりの千七百余万円入りの封筒が入っていたというニュースが巷を駆けめぐった。

また一人暮らしの食をささえたのは、浅草仲見世近くの食堂キッチン・アリゾナで、いつもそこでは肉料理、卵料理をたいらげる健啖ぶりをしめし、後年になってからは「大黒屋」の鰻もひいきにしていた。あちこちのカフェにも顔を出し、どこの女給とも仲が良かった。ワイ談が得意だったが、ふしぎとどこの女給もイヤな顔をする者はいなかったという。

ところで、この荷風の宿痾ともいうべき「女好き」については、荷風研究者のだれもが深い関心を寄せているが、なかでも荷風研究の一人者といわれた小門《おかど》勝二は、実際に荷風と親しく付き合い会話を交わしていた人物であり、荷風の文学そのものが、荷風の多少歪んだ(?)「女性観」から出発していたものだったのではないかと語っている。

これは一九七一年五月に刊行された雑誌「太陽」(平凡社)の永井荷風特集号で、小門勝二が紹介している荷風の会話録の一部である。

「ぼくが浅草の観音さまが好きなのは、あそこに行って、ハトの豆売場にあるベンチに腰かけられることだな。あのベンチにすわっていると、パリのノートル・ダム寺院の庭のベンチにすわっているような気がしてくるもの。ノートル・ダムからはセーヌ川が見えても、観音さまからは隅田川は見えないが、もとはよくポンポン蒸気船の音がきこえましたぜ。パリでも東京でも大川のそばに大伽藍が建っているのは頼もしいじゃありませんか。むかしは隅田川のかもめも、吾妻橋から上のほうじゃ都鳥といったものですよ。同じ川の鳥でも橋を区切りに呼び方が違っていました。

観音さまの近くを飛べばご利益で風流な名で呼ばれたんだな」

また――

「ぼくはあのベンチで陽なたぼっこをしながら、うつらうつら居眠りするのが、何ともいえない楽しみなんですよ。フランスの老人が、他人に迷惑をかけないように時間潰しをしている格好と同じですぜ。だからぼくは市川（筆者註・当時荷風の住まいは千葉県市川市八幡町にあった）から毎日、あそこへ出かけて行くんですよ」

荷風は判で捺したように正午にはキッチン・アリゾナで牛肉と野菜の煮込んだのを一皿、ビール一本傾けて、ベルトを軽くゆるめたあと、天気のいい日はベンチに出かけた。気が向けばそれからロック座の楽屋へ足を運んだものだった。

「楽屋へ行けば、だれかきっと写真を撮る人が来ますぜ。そのときは女の子と肩を組んだり出来るから、おっぱいなんかを何の気なしにさわったって平気だもの。みんな女の子は張り切っていましたぜ。くすぐったいなんてキャッキャッとさわぐ。はねたらお汁粉なんかご馳走すればいいんですよ。……そういう女の子たちが、ぼくが勲章（文化勲章）を貰ってから、急にワイ談なんかしてくれなくなっちまった。

だから楽屋でのたのしみがなくなって、だんだん足が遠くなっちまったんですよ。……」

荷風はワイ談を教養と見なしていた。男のワイ談にはフィクションがあり、願望欲求の現われで、その面白さを楽しむ傾向があるが、女のそれは家計簿のようにリアリスティックであるとの説を支持していた。

セクハラご法度の現代にあっては、滅多に出会えない男（しかも大学教授にして文化勲章受章者！）の女性蔑視発言だが、じつは荷風はかの『断腸亭日乗』のなかでもそうした自らの女性との交渉記録を、ここまで書くかというほど微に入り細に入りめんみつに披瀝している。『断腸亭日乗』は、荷風が三十九歳だった一九一七（大正六）年九月十六日から書きはじめられ、死の前日である一九五九（昭和三十四）年四月二十九日までの、すなわち八十歳で世を去るまでの四十二年間、一日も欠かされることなく書きつづけられた日記なのだが、そこにはいつどこで、どんなふうにその女と知り合い、どのような戯れのひとときをすごしたかが、これいじょうは書けまいというほ

ど詳細無比に記録されているのである。

しかし、荷風は一ども結婚していなかったわけではない。

三十四歳のとき、父親の勧めで材木商の娘と結婚するが、僅か半年で離婚、二年後の三十六歳のときには新橋の売れっ子芸者藤蔭静枝と結婚するのだが、これもたった一年でご破算に。古い諺に「無妻第一、良妻第二」というのがあるけれども、良妻を得て幸せと思うのは大きな間違いで、一番の幸せは無妻に限るという事実を、荷風は三十代にしてすでに体得していたのである。

あるとき荷風は小門勝二にむかって、

「明治の思想界の先輩福沢諭吉は、男の遊蕩は軍旗みたいなもので、破れれば破れるほど値打ちが出てくる」

とも言っていたそうで、それは小門勝二にいわせれば英国の思想家サマセット・モームの「肉欲というものは正常で健康なものだが、恋愛は一種の病気。女というものは男の快楽の道具でしかない。それがやれ協力者だの、半身だの、人生の伴侶だのといい出すから、自分は我慢ができない」という言葉を想起させたという。母国イギリスの美徳であった「良妻こそ最高の財宝」という常識にツバを吐いたモームと、風狂作家永井荷風が重なってみえたというのである。

だが、こんな荷風の好き勝手ぶりについて、先年亡くなったロシア文学翻訳家の湯浅芳子が、岩波版『荷風全集』第二十四巻（昭和三十九年九月刊）の月報に「荷風の矛盾」と題した多少毒のある一文を寄せていて、この文章はなかなか読ませる。

荷風の日記を読んでいていちばん痛快なことは人間に対する批評の辛辣さである。本名でこう明らさまに書かれて発表されては堪るまいと感ずる点は大いにあるけれども、さもありなんと肯けるふしが多々あるので痛快なのである。荷風はウソがきらい、クワセモノきらいだった。そしてきらいとなったら容赦しなかった。だれしもウソやクワセモノは好きではないが、よほど直接に被害を受けないかぎりは黙っている。荷風にはそれができなかった。というのは彼は我儘に育って我慢ということを知らなかったからである。

（略）

荷風の反俗は、たとえばチェーホフの文学について言われる反俗とはたいへんちがう。後者の意味でいうなら荷風自身がその俗の最たるものであったと言える。というのは、荷風くらい徹底したエゴイストはなかった。彼は自由を愛したといわれるが、それは自己の自由をいうので他人のことなんぞ考えるひとではなかったからである。また彼には文学者・詩人としての高いプライドがあったかの如くであるけれども、実は人間としての真のプライド、人間の尊厳の自覚は欠けていたかに思われるふしが大いにある。尤もここが彼の矛盾であって、変りやすい気分の起伏によってこの矛盾もそのときどきに従い出没するのであったのかもしれない。

実際荷風くらい矛盾の多かった人はない。あるときは神よ《ホザナ》！　と呼び、あるときにサタンよ！　と呼ぶ、とゴーリキィが指摘しているアンドレーエフの矛盾どころではない。封建的なもの官僚的なものを憎むかにみえて、自身はなかなか封建的だし、また官僚的なところも大いにある。これは出生や生いたちからもきているし、彼が漢籍をよくしたことにもよるだろう。つまり荷風の教養の複雑さが矛盾の複雑さを生んでいるのだ。江戸末期の文学やフランス文学への傾倒、これもひとつの矛盾を生む。また五年ばかりの海外生活でヨーロッパ文化にじかにふれたこと、しかも日本には吉原があり玉の井があって、そういう土地にも惹きつけられる点は、いわゆる取材のためばかりではないのである。

読むほどに、ここには辛口評論家として知られた湯浅芳子が見据えた荷風の人間的欠損と、同時にその欠損をスッポリと浅草の遊興街で働く女たちとの交渉によって補い、かつそれを「文学」にまで昇華させた荷風の見事な矛盾作家ぶりに（多少のヤユをこめつつ）感嘆していたことがわかる。

そして、そうした荷風の「女性観」「人間観」「文学観」のもつ特異性、エゴイズムについては、時の文芸評論家臼井吉見もまた、荷風が市川市八幡町の自宅で胃潰瘍によって吐血し亡くなった一九五九（昭和三十四）年四月三十日当日の読売新聞の夕刊に、「荷風の生涯と文学」と題したつぎのような哀悼文を寄せている。

――「いまの世の若き人々　われにな問ひそ　いまの世と　また来る時代の芸術を　わ

れは明治の児ならずや　その文化歴史となりて葬られし時　わが青春の夢もまた消えにけり……曇りし眼鏡をふくとても　われいま何をか見得べき　われは明治の児ならずや　去りし明治の児ならずや」

　こう歌った荷風であったが、大正を生き、昭和も戦後十四年の今日まで生き抜いて、八十年におよび独自な生涯を終えたのである。「明治の児」を自任した文学者が、新しい時代の流れの中に、つねに生き残りの時代遅れとしての抗議と絶望の声を響かせてきたのが、荷風文学の根本性格と言っていいだろう。それは生きのびた悔恨にほかならなかった。

　だが、こういう荷風も、明治の時代にあっては、決して時代の児として任じていたのではない。荷風文学の本調は「新帰朝者日記」（明治四十二年十月）で示された近代日本への反発につながっている。明治の社会は、結局のところ「旧態の美を破壊して一夜づくりの乱雑粗悪をもってこれに代へた」ものとする荷風の文明批評の根幹は、「新帰朝者日記」で確立されたとみてよい。それが眼前の日本社会に対して、あるいは激越な罵倒となり、あるいは虚無的な冷笑となり、また世をすねたあきらめとなる。それらが一貫して荷風の小説製作の手がかりになっているばかりでなく、作中の人物として、直接そういう感懐を吐露させているといった風の作品が多い。青春時代の六年間をアメリカとフランスで過した荷風の目には、浅薄な模倣の西洋化にはたえられないという、この時のヘソ曲りのポーズを、八十歳の今日まで持ち続けたと見ることができる。

臼井吉見の場合は湯浅芳子とちがって、荷風の「文学」の成り立ちのほうに視点をすえた批評を展開している。

『新帰朝者日記』とは、荷風が約六年間の外国遊学を終えて帰朝してまもなく刊行した、いわば荷風という一帰朝者からみた「日本文化論」であるといっていい批評書だが、明治に生まれ大正、昭和を生きた荷風が、ある意味自らの祖国に対して三下り半をつきつけた最初の一書であるということができる。臼井はその書を荷風文学の基点として位置づけ、荷風の晩年の遊蕩生活をふくめた帰朝後の生活態度の一変は、すべて近代日本の主体性なき西欧化に対する抵抗のポーズであったと評しているのである。

『ふらんす物語』にしろ、『つゆのあとさき』にしろ『濹東綺譚』にしろ、荷風の文学は「近代日本の浅薄さ」を正面から批判し、それが荷風特有の虚無的で世をすねたヘソ曲りな世界、ついには浅草や玉の井の底辺を生きる遊女たちへの愛や同情につながったのだと解説しているのである。

そして、この臼井吉見の追悼文のなかにこそ、荷風が死去したときの枕元に置いてあった、いつものズック鞄のなかに森鷗外の『渋江抽斎』が入っていたということについての重要なヒントがかくされているような気がしてくる。

じつは、明治期より戦後にいたるまでの日本のアイマイで無抵抗な西欧文化の受容、いってみれば西欧コンプレックスといってもいい舶来趣味の横行に対して、つねに批判の先頭に立っていた永井荷風だったが、夏目漱石と森鷗外にだけは敬愛の念を抱いていたという。じっさい、六年間の海外生活を経験する以前から、エミール・ゾラに心酔し、直接ゾラを原文で読みたい一心で暁星学園の夜学にまで通った荷風だったから、その頃「新小説」などに寄稿した『野心』や『地獄の花』といった初期の作品にはゾラの影響がかなり色濃かった。しかし、アメリカ、フランスでの遊学を終えて帰朝したのちの荷風は、当時朝日新聞につとめていた夏目漱石の依頼により、「東京朝日新聞」に『冷笑』を連載したあたりから（『新帰朝者日記』の刊行もこの頃）、徐々に日本の文化批評的色合いをおびはじめ、博文館から出版した『ふらんす物語』や易風社から出した『歓楽』の二著は、風俗壊乱のかどで当局から発売禁止の命令をうけてしまう。そうした世相に対するやりきれなさもあったのだろう、荷風が柳橋や新橋界隈の花柳界に出没しはじめるのはこの頃である。

つまり帰朝後の荷風を、本当に書きたかった文学へと誘導してくれたのが夏目漱石なのであり、同時に漱石とならんで真の日本の近代化を念じ、その点でも荷風の文学的姿勢を評価していた森鷗外もまた、作家としての荷風の進路を決定した文学者の一人なのだった。荷風がズック鞄の底に森鷗外の『渋江抽斎』をしのばせていた背景には、そうした日本の近代文明を託すべき鷗外という人物への崇拝があったことはまちがいない。荷風が外出するときかならず持ちあるいていたその鞄のなかには、いつも鷗外の本が一冊は入れてあったというから、絶命の枕辺に鷗外の代表的史伝ともいえる『渋江抽斎』が置かれていたというのは、仮にそれが『渋江抽斎』以外の作品であるったにせよ（たまたまその日書棚から取り出した一冊が『渋江抽斎』だったという場合もあるし）、荷風がどんなに自らの文学の伴走者としての森鷗外に心服していたかという証左でもあったろう。

念を押すようだが、いかに晩年の永井荷風が近代日本のあゆんだ徒らな西洋カブレぶりに腹を立てていたか、いかにその反動として漱石や鷗外に対する敬愛の思いをふかめていったかをしめすのに、戦後筑摩書房の「展望」の編集長をつとめた慧眼の文芸評論家である臼井吉見の荷風に寄せた追悼文の続きを、もう少し読んでみたいと思う。

長い戦争が終って、それまで窒息していた文学の復活の再びさきがけになったのが同じく荷風であったことは周知の通りである。それというのも、今度の戦争中、荷風ほど文学者としての面目を生きぬいた作家をぼくは知らない。愚劣無道な政治への憤りと、その中で製作に没頭している文学者の面目とは、その日記があざやかに伝えている。「踊り子」「勲章」「問はずがたり」「来訪者」など、戦後の文壇の注目を集めたこれらの名編は、ことごとく戦中の作であった。

再び言えば、常に眼前の社会と世相の混乱と虚偽とを憎み、安住の場所を過ぎ去った時代なり、社会の片すみに取残されている古い世界なりに求めるというのが、生涯を通ずる荷風の一貫した生き方と言ってよい。フランスから帰ったのは明治四十一年だが、彼は当時の軍国日本を憎み、フランスに寄せた憧憬《どうけい》をそのまま江戸幕府に切り替えたのであった。大正期になると、かつては嫌悪したはずの明治時代がなつかしいものに見えてきた。昭和になると震災前、大正の東京が恋しいものになる。このことは芸者、女給、私娼、踊り子など「或いは無知朴訥或いは放蕩無類にて世に無用の徒輩」の間に、いささかのいこいの場所を見出してきたのと無関係ではない。このヘソ曲りのエゴイストは孤独にかまれながらもこのような逃避の場所をいつも用意していたのである。荷風文学の一特色たる叙情的詠嘆はここに由来する。このことは荷風において、フランスと江戸が、江戸と明治が、対決することなく調和的に引き継がれたことと無縁ではない。眼前のものは常に醜悪であり、過ぎ去りしものは常に美しくなつかしい。荷風文学の叙情性、その孤独憂愁の詩情は、

――彼の資質に宿った日本文学そのものではないかとぼくは思う。

それでは、ズック鞄のなかにあった森鷗外の『渋江抽斎』とはどのような作品だったかというと――。

一九一六（大正五）年一月十三日から五月二十日まで「東京日日新聞」に、また同年一月十四日から五月十七日まで「大阪毎日新聞」にも連載された史伝小説で、鷗外がたまたま「武鑑」（江戸時代の大名や旗本の氏名、家系、居城、官位、邸宅、家紋などを詳細にしるした記録書）のなかで発見した弘前の津軽家の侍医であり考証学者でもあった渋江抽斎（元名・道純）の生涯を、めんみつ丹念に辿った一種の伝記小説であり、それは抽斎の死後五十数年の長きにもおよび、子孫、末裔、遠い親戚の所在まで掘りおこしたばかりでなく、一部には小説的フィクションも取り入れた新しいジャンルの作品であった。

小説家、戯曲家、翻訳家、評論家として文壇の重鎮となり、別号観潮楼主人、千朶山房主人、侗然居士などを名のり、かつ軍医でもあった森鷗外が、なぜこうまで抽斎の生涯、出自に関心をしめしたかについては、とても一口には説明できないが、長くヨーロッパに留学し、陸軍の軍医総監、帝室博物館長までつとめた超エリートの鷗外が書いたこの史伝が、荷風の理想とする日本文学の可能性を予感させるものであったことは想像に難くない。また一つには、そこに書かれた渋江抽斎の生涯が、最後まで徹底的に日本の北端に近い津軽の地を一歩として出ることのない純国産の史伝であり、いわば一人の近代日本を象徴する文学者の定点観測とでもいうべき作品であったことにも、荷風はおおいに満足したにちがいない。すでにその頃、漱石とならんで文壇の頂点にあった森鷗外が、晩年にあってもなお軸足のゆるがぬ文学の領域にあることに、荷風は一人の文学者の執念とでもいうべき人間観察と想像力の結実をみていたとはいえないだろうか。

くりかえすけれども、永井荷風は最後まで近代日本の無節操というしかない西洋模倣を批判し、その結果として江戸情緒あふれる遊興の巷を愛《いと》しみ、そこに生きる女たちの生活に寄り添うことによって自らの「美意識」を確立させた作家だった。それはたとえば銀座のカフェの女給君江の奔放な男関係をえがいた『つゆのあとさき』や、老作家の「私」が私娼街玉の井で売春婦お雪と出会い、日本髪のアデ姿に江戸的な美を見い出して交渉をもつものの、やがてお雪が「私」との結婚を夢みていることを知り、その煩わしさからのがれるため別れをつげる『濹東綺譚』や、第一次世界大戦後に好景気のため繁栄した新橋花柳界の男女のもつれをモチイフにした『腕くらべ』等々、荷風の小説の根幹にある「日本的なるもの」への憧れが横溢する一連の作品群によって証明されている。そして、その「日本的（江戸的）なるもの」への荷風の盲愛は、とりもなおさず荷風の心層にあった漱石への、はたまた鷗外の文学への回帰でもあった気がするのである。

ただ、こうした荷風の徹底した「江戸情緒」贔屓《びいき》については、荷風より七歳下だがすでに文壇に確固たる地位を築いていた谷崎潤一郎がこんなふうなイチャモンをつけている。これは谷崎が荷風の小説『つゆのあとさき』について「改造」に発表した文章なのだが、その一番最後のところでこんなことを書いているのだ。

——尚ちょっと茲に附け加えておきたいのは、作家が老境に入るに従って自然と懐古趣味に傾き、その表現の形式等に殊更新様を避けて旧態を学ぶようになるのは多くの芸術家に見る所であって、独り荷風氏ばかりではないが、それにしてもそう云う人たちの懐古趣味がせいぜい徳川末期、化政頃の戯作者の世界に止まって、それより古い時代に遡る者の少いのは何故であろう。何故彼等は江戸文学の狭い範囲にのみ跼蹐《きょくせき》して、室町、慶長、元禄頃の上方文学の広い領域へ眼を付けようとしないのであろう。比較的近代の産物である江戸情調のみが特にそう云う人たちに牽引力を及ぼすらしいのも私は不思議に思うのである。

いわれてみれば谷崎批評にも理があって、とりわけ六年間の留学生活から帰ったあとの荷風文学は、たとえば『新帰朝者日記』などを一つの基点として一直線に江戸時代の日本的情趣へと傾き、ことに風俗壊乱のかどで発禁となった柳橋や新橋の花柳界をえがいた諸作品を発表したあたりから、「江戸情緒」以外は眼に入らなくなった感がある。また浮世絵や江戸演劇や狂歌に関する作品も多産し、その姿勢は大正期に入っても変わらなかった。江戸趣味に没するあまり、小説家としての荷風の仕事には長い低迷期があったとさえいわれている。

しかし、この甚だ偏った「江戸情緒」贔屓は、小説以外の荷風の一連の「随筆文学（日記文学）」において花を咲かせたとみる識家も多かった。大正期から昭和初め頃にかけて書かれた「荷風文稾《こう》」や、鷗外の伝記文学に刺激をうけたとみられる幕末の儒者の一生をしるした「下谷叢話」、あるいは「葷《くん》斎漫筆」（のちに中央公論社から出た『荷風随筆』に収録された）などは、やはり荷風の尋常ならざる「江戸情緒」への懐旧から生まれた佳作の一つと評されたのだった。谷崎が讃じている『つゆのあとさき』だって、その延長上に結実した小説だったといえなくもないのである。

要するに、荷風にとってはついせんだってまでそこにあった「江戸文化」こそが己が文学の源泉だったのだ。

そんなふうに思いをめぐらせてゆくと、荷風が着流しで町をぶらついていた頃の、なつかしい戦後まもない東京郊外の風景がごく自然によみがえってくるのがふしぎだ。荷風は戦後約十三年間にわたって東京の外れの市川の寓居ですごしていたが、執筆に疲れるときまって浅草ふきんの盛り場やストリップ小屋に足をむけるのだった。あたかもそれは、自らに科せられた一文学者としての衿持であるがごとく、まるで「聖」から「俗」への橋を渡るように、ふらりふらりと馴じみの女給や踊り子の待つ遊び場へとやってくるのだ。

もちろん荷風をそれほどまでに脂粉の町に駆り立てたのは、生来荷風にあった「好色」の血をぬきに語れぬものではあったけれど、それだけが散策徘徊の理由であったとは思えない。それは玉の井の私娼窟の風物に対する「失なわれてゆくもの」への哀惜と、その地帯にひそむどこか陰湿でうらぶれた背徳のイメージ、何ともいえない江戸情緒の風情が荷風を惹きつけたのであって、孤愁さえただよわせた夕暮れの隅田川の川面に魅せられてのことでもあったろう。すなわちそれは、荷風にそなわった「女好き」の血と、古き良きものをなつかしむ抒情詩人、ロマンチストとしての荷風の情動があってこその散策だったといえるのである。

たとえば『濹東綺譚』のあとがき「作後贅言」のなかでも、作家はそうした風物（とりわけ戦前の）が日本の急速な近代化によって喪なわれてゆく現実をしきりと嘆く。隅田川の沿壁があっというまにコンクリート化されて、東武鉄道の鉄橋がかかってしまったことを憂い、銀座通りにワザとらしい原色のぼんぼりが立てられることに憤慨し、赤坂溜池の牛肉屋の看板がケバケバしい色彩に塗り替えられたことを非難し、またカフェで紅茶やコーヒーを冷やして飲ますのはその香気を奪う最悪の所業であるとうったえたり、店々のショウウインドウに偽物の料理の皿をならべ、その傍らにセルロイドの値段表を出しているのは見るに耐えないといったことにまで口をとがらす。つくづく荷風は、日本古来のもつ風物が「変わってゆく」ことを嫌い、最後の最後まで「明治の児」として抵抗をつづけた作家だったのだ。

戦後、荷風が多くの著作執筆の合い間をぬってせっせと浅草通いしたのは、むろんストリップ小屋の踊り子や私娼たちにかこまれてヤニ下がることが最大の歓びであったのはたしかだが（荷風は遊女や踊り子の生態をテーマにした芝居をいくつも書いて上演していたし、ストリップ嬢の裸体に赤い襦袢を着せるという新しい演出を編み出して好評を博したりもしていた）、そのいっぽうで、終生日本の近代化に背をむけることをやめなかった頑迷なる文学者としても評価されるべきだったのである。

それは、さっき抜粋した臼井吉見が荷風の死に際しておくった追悼文「荷風の生涯と文学」の最終節に綴られている——「荷風は日常生活のすべてをあげて自分の文学に奉仕せしめた。東京を離れた市川の陋《ろう》屋で一人のみとる者もなく、たまたま朝飯を運んできた隣家の老婆によって、その最後の姿を発見されたという事実ほど、荷風文学の本領を語るものはあるまい」という数行がすべてをいいあらわしているといっていいだろう。

最後に、最初のほうに登場した評論家の小門勝二が昭和四十六年「太陽」六月号に発表したエッセイ「荷風の郷愁」にこんないい文があるので、それも紹介しておく。

市川からバスで浦安に出る。浦安町には江戸川の水が町の中央に流れ込んでいた。その境川の水郷風景を見て歩く楽しみを知った。境川には江戸川の方から境橋、新橋、記念橋、富士見橋、江川橋の五橋がかけられていた。荷風が好んだのは町役場前の新橋と、その次の記念橋界隈の情景だった。

（略）

荷風はその足で都内へはいる。葛飾区雷《いかづち》川付近へ行くと、掘割に小舟を漕でこいで、スイスイと気持ちよく走っていたものだ。掘割の出っぱりにおかみさんたちがならんで洗濯に精を出しながら世間話に興じていた。そして話の区切りに、やたらに「いけすかない」（まあイヤだ）ということばをお互いに連発し合っていた。これは若い女の子たちが話の途中で、意味もなく「ほんとう」を連発し合っているあれで、いわば相槌がわりと見て差支えない。そのほか日用語として、「くちべろ」（唇）、「いび」（指）、「けば」（髪の毛）、「ふるしき」（ふろしき）、「たぼこ」（たばこ）、きびしょ（きゅうす）、しばや（芝居）、「かったるい」（くたびれた）など下町の方言がきかれた。

「東京も外れに来ると、むかしのなつかしいことばをきくことが出来ますよ。そういうことばだけで小説が出来たらおもしろい。すたれたことばにも捨てがたい郷愁がある……」

荷風はどこへ行っても耳ざとかった。そしてノリ干場ばかりの道を風にもまれていつまでも歩いていた。

この土地も、いままでは立派な家が建ち連なって、寒々とした面影はない。笹船のような木舟の往来も消滅して、おかみさんたちの姉さんかぶりの姿を見ることは出来ない。

「むかしのことを懐しがっているばかりの人間は、生きていたって仕様がないんだな。どうしても来て住んでくれと拝むように頼まれたので行ってみれば、向うの都合次第で邪魔にされる。年をとるとそんなものですよ。だからぼくはこの節じゃ水の流れの見えるところへ行くことにしています。水はどこへ流れて行ってしまうのか。もう二度と川上へもどってくることはないでしょうよ。人間だって同じですぜ。もういちど生まれ直してこようたって、そうはいかないもの。水と同じに死んでからの行先なんかわかりゃしませんよ。それでも水の行先を見届けたいと思うな。それはだれもが見えるところまでしか見えないといわれても、せめてぼくだけは、人の見えない遠い先を見ようとおもうからですぜ。吾妻橋の上からでは、川下をいくら眺めていたって仕様がないが、通るとやっぱり眺めたくなるんですよ」

歩けば楽しい、人間は歩けるからおもしろい目にあうのだというのが荷風の人生の目的であるように見えた。

（略）

「しかし、ぼくがこっそり死んだって、だれひとりすがって泣くような者はいやしません。泣いて貰うようなひとを作らなかったもの。そりゃ途中で、死水をとって貰いたいとでも思った女もいないことはなかった。でもこれはいけないと、そのたびに思い直して、孤独を通すことが出来た。人間は死んだときはただひとりです。だから生きている間はただひとりでいるほうがいいんですよ。ぼくが死んで、だれひとり泣くひとがいないということは、ぼくの主張を貫き通したという証明になるでしょう。それを野たれ死と笑われるかも知れませんが、そういわれたら逆にぼくが世間に勝ったということになるわけですよ。あなたなんか、そこをよく見きわめなきゃいけませんぞ」荷風の声は澄んでいた。

——押上駅の階段に消えて行くうしろ姿には、女を究め尽して、いまやいつ来るかも知れない死を待ち、ひたすら崇めている心情がはっきりと映し出されていた。

◉枕頭の一書
『渋江抽斎』森鷗外著（改版 岩波文庫 一九九九年）

・「枕頭の一書」への手引き
「荷風の生涯と文学」臼井吉見著（別冊新評「作家の死」新評社 一九七二年に収録）
『断腸亭日乗』永井荷風著 全7巻（岩波書店 二〇〇一～二〇〇二年）
＊『摘録断腸亭日乗 上下』磯田光一編（岩波文庫 一九八七年）がある。
『新帰朝者日記』永井荷風著（『荷風小説2』岩波書店 一九八六年に収録）

芥川龍之介——『新約聖書』

一九二七〔昭和二〕年七月二十四日未明、致死量の睡眠薬を飲んで三十五歳五ヵ月で自死した芥川龍之介が、最後まで手放すことのなかった書物は『新訳聖書』だったと言われるが、芥川の作品のなかで最も色濃くそうしたキリスト教の殉教的思想があらわれているのは、一九一八〔大正七〕年九月、三田文学に発表された『奉教人の死』だろう。芥川は、東大在学中の一九一四年に久米正雄、菊池寛、山本有三らと起こした第三次「新思潮」に短編『老年』、戯曲『青年と死』などを発表、さらに翌々一九一六年に創刊された第四次「新思潮」に書いた『鼻』が夏目漱石に激賞されて事実上の文壇デビューを果たすことになるのだが、いわゆる切支丹モノと呼ばれる作品は、この『奉教人の死』をはじめ『きりしとほろ上人伝』『報恩記』『糸女覚え書』とつづく一連の作品群である。その根底には、芥川がつねに手にしていたという『新訳聖書』の「ヨハネ福音書」や「ヨハネ黙示録」、あるいは（芥川はあまり評価していなかったという説もあるが）トルストイの「人は何ゆえに生きるのか」という警句を思い起こさせるものがある。

『奉教人の死』は「ろおれんぞ」という天使が長崎の教会に舞い降りてきて、ふたたび天上に召されてゆく悲しくも美しい物語である。

長崎の「さんた・るちや」という教会に「ろおれんぞ」という美少年がおり、その信仰心の厚さや修行への熱心さから寺院中の信望をあつめていた。しかし、その「ろおれんぞ」にある貧しい信者の娘が思いを寄せ、やがて娘は身ごもる。娘との仲を疑われた「ろおれんぞ」は、一言として言い訳をすることもなく教会を去った。しかしそれから約一年後の大火の夜、「ろおれんぞ」は娘の産んだ幼い女の子を救おうと炎のなかに飛びこみ、子を抱いた焼死体となって発見される。そのときになって初めて、寺院の奉教人たちは彼が女であったことを知る——。

「日本長崎の「さんた・るちや」と申す「えけれしや」（寺院）に「ろおれんぞ」と

申すこの国の美少年がござった」――ではじまるこの物語の冒頭から、その「ろおれんぞ」が元服する頃となって、「さんた・るちや」から遠からぬ町方の傘張り屋の娘が、「ろおれんぞ」に恋をし、御祈りの暇にも娘は、香炉をさげた美しい「ろおれんぞ」から一刻も眼を外《そら》らしたことはござらぬ。そのうち二人が艶書をとりかわすのをしかと見とどけたと申す者も出て、いよいよ「ろおれんぞ」の進退はきわまり、ついに「さんた・るちや」から追放される日がやってきた。幼い修行時代から共に歩んできた親友「しめおん」に美しい顔を一打されて、すごすご「さんた・るちや」の門を出てゆく「ろおれんぞ」の後姿は、「時しも凩《こがらし》にゆらぐ日輪が、うなだれて歩む「ろおれんぞ」の頭のかなた、長崎の西の空に沈まうず景色であつたに由つて、あの少年のやさしい姿は、とんと一天の火焔の中に、立ちきはまつたやうに見えたと申す」とえがかれる――。

ところが、だ。

「ろおれんぞ」が憔悴の姿で破門されて一年あまり、長崎一帯を焼きつくす大火が発生し、女の子を産んだ傘張りの翁の家は、運悪く風下にあったためにたちまち猛炎につつまれ、娘と翁は辛うじて逃げ出したものの、産まれて数ヵ月の幼子は奥座敷に置かれたままとの由――このとき「しめおん」の背後に立ったのが紛れもなき「ろおれんぞ」。「清らかに痩せ細つた顔は、火の光に赤うかがやいて、風に乱れる黒髪も、肩に余るげに思はれたが、哀れにも美しい眉目《みめ》のかたちは、一目見てそれと知られた」。今や見すぼらしげな乞食姿に身をやつした「ろおれんぞ」は、むらがる人々の先頭に立つや、まっしぐらに一人猛火の家へと飛びこんで行った。

そして、次にしるされる『奉教人の死』のラスト近くの数行は、あまりに壮烈で無垢で清純で、しかも痛ましいまでの哀しみにみちていて読む者の頬をぬらすのだ。

見られい。「しめおん」。見られい。傘張りの翁。御主「ぜす・きりしと」の御血《おんち》潮《しお》よりも赤い、火の光を一身に浴びて、声もなく「さんた・るちや」の門に横たわった、いみじくも美しい少年の胸には、焦げ破れた衣のひまから、清らかな二つの乳房が、玉のやうに露《あら》われて居るではないか。今は焼けただれた面輪《おもわ》にも、自らなやさしさは、隠れようすべもあるまじい。おう、「ろおれんぞ」は女じゃ。「ろおれ

んぞ」は女じゃ。見られい。猛火を後にして、垣のように佇んでいる奉教人衆、邪淫の戒めを破ったに由って「さんた・るちや」を逐われた「ろおれんぞ」は、傘張りの娘と同じ、眼なざしのあでやかなこの国の女じゃ。

さっき『奉教人の死』とともに、芥川龍之介が新訳聖書のなかにある「ヨハネ福音書」に何らかの影響をうけたと思われるもう一つの作品『きりしとほろ上人伝』の名をあげておいたが、この小説もまた、「きりしとほろ上人」すなわち聖者クリストフォルスが、幼子の姿をしたキリストを背負って川を渡ったという一種の「伝承小説」なのだが、興味深いのはこれらの創作の参考資料として芥川があげている切支丹版（長崎耶蘇会出版）『れげんだ・おうれあ』が、どうやら芥川が（あるいは英語抄訳版の『レゲンダ・アウレア』やスタイシェン著『聖人伝』などを下敷きにして）勝手につくった架空の書であるという点である。

こうしたある種の文学手法は、それほど珍しいことではなく、近現代においても数多くの例がみられるとのことで、筆者でも知っている有名な偽作者に、十七歳で自殺したイギリスの少年詩人トマス・チャタートンがおり、チャタートンは十八世紀に生をうけながら、識家の目をも見事に欺く中世の詩をいくつものこしている。また第一〇三回芥川賞受賞作家辻原登氏の説によれば、アルゼンチンの盲目の詩人・小説家ボルヘスの奇作中の奇作『「ドン・キホーテ」の著者ピエール・メナール』も『ユダについての三つの解釈』(『伝奇集』岩波文庫所収)もまた、偽モノの資料を典拠とすることによって成立しているといわれ、また日本の文学においても、水上勉がある「高僧伝」を書くに際して、まったく存在しない自作の資料をつかい、後に丹羽文雄がそれをまるっぽ信じこんで自分の作品に引用してしまったなどという逸話がのこっているほどである。

　虚実半々の妙が文学の魅力の一つとはよくいわれることだが、ある意味芥川文学の核となっているのは、代表作である『羅生門』にしても『鼻』にしても『地獄変』にしても『蜘蛛の糸』にしても『河童』にしても、どこか芥川という作家の身についていた「伝承」「歴史」「現実」「情趣」の混在から生まれた幻想の世界であったともいえるのだろう。

芥川龍之介は、一八九二（明治二十三）年三月一日、東京市京橋区入船町（現在の中央区築地ふきん）で、新宿と築地に職場をもち当時としては珍しかった牛乳屋を営んでいた父新原敏三、母ふくの長男に生まれた。父は山口県の出で、事業にかけてはかなりの才腕をもっていたらしいが、龍之介の誕生七ヵ月後に母ふくが発狂した。そのため、龍之介は本所小泉町（現在の墨田区両国）の母親の実家である芥川家にひきとられ、独身の伯母に育てられることになる。そして、十年後に実母ふくが精神病で亡くなったことにより、龍之介は正式に芥川家の当主芥川道章の養子となるのだが、この「狂人の子」というレッテルが、終生にわたって芥川に大きな影響をあたえたことはたしかだったろう。

芥川家は代々徳川幕府につかえた格式の高い家柄だったが、龍之介が養子となったときにはすでに没落し、養父は東京府の土木課に勤務していた。養母は幕末の粋人として知られた細木香以の姪にあたっていて、経済的には豊かとはいえなかったが、家内には江戸の文人趣味の書画があふれ、広い広間には和漢の書籍がぎっしりとならんでいた。すなわち龍之介は、物心つく頃からそうした書籍や南画、骨董の類にかこまれる生活をおくり、ごく自然に早くから文学や美術鑑賞に関心を抱く子に育てられたのである。

そんな文学的才能は、龍之介が江東尋常小学校、東京府立三中、第一高等学校、東京帝国大学文学部とすすむにつれて花ひらきはじめ、小学校時代には〈落葉焚いて葉守の神を見し夜かな〉という、将来の芥川文学の習熟をうかがわせるような俳句を詠んでいる。また読書への熱中は幼少期からはじまり、中、高校時代には幸田露伴、樋口一葉、徳富蘇峰、夏目漱石、森鷗外、斎藤茂吉、外国文学においてもイプセン、ツルゲーネフ、ストリンドベリ、ボードレール、ワイルド等々、手当りしだいに読み耽る文学少年になっていった。漱石、鷗外同様、芥川龍之介もまた若い頃からいわゆる和洋を問わぬ世紀末の文学を徹底的に読みくだくことによって、和魂洋才の文学者の道をあるきはじめたのである。

一高に入った頃には芥川は歴史学者を目指していたといわれるが、前述したごとく、同期生の久米正雄らのすすめで、「新思潮」に小説を書くようになり、さらに夏目漱石の推挽によって作家への道を歩み出す。一九一六（大正五）年に「ウイリアム・モリス研究」を卒業論文として英文科を卒業した芥川は、その後しばらく横須賀の海軍機関学校の嘱託教官となって鎌倉に住み、『芋粥』『手巾《ハンカチ》』『忠義』『或日の大石内蔵助』などを次々に発表、翌年五月には第一短編集『羅生門』が刊行され、一挙に文壇の注目をあびるようになる。

一九一八（大正七）年、跡見女学校に通っていた塚本文と結婚し、「大阪毎日新聞」の社友として定職をもつようになると、すぐさま嘱託教官を辞めて東京にもどり、北豊島郡滝野川町（現在の北区田端）の「我鬼窟」と名付けた居宅にこもって『地獄変』『奉教人の死』『枯野抄』などを執筆、とくに「大阪毎日新聞」に前後二十回にわたって連載された『地獄変』は、王朝時代の絵師良秀の奇才ぶりと、そのクライマックスともいえる猛炎につつまれ苦しみ悶える愛娘の姿をえがいた牛車炎上の場面は、さながら芥川文学の一極致をしめすものとして高い世評を得るのである。もっとも、この『地獄変』の下敷きとなったといわれる『宇治拾遺物語』や『古今著聞集』などもまた、単にそこから素材《モチイフ》を得ただけのことであって、主題、構想はともに原典とは無関係であり、そこにも芥川独流の創作手法、特異な芸術至上主義がつらぬかれていたといえるだろう。

そして、それは芥川龍之介が「狂人の子」として最後まで心の奥にためこんでいたある種の変身願望、すなわち「虚構への憧れ」であり、自らを一切「告白しない」頑なな文学態度の確立をも意味していた。そこには「ありのままの自己」を表現することが是とされていた、それまでの日本文学の私小説レアリスムに対する明解な拒絶があり、批判があるのだった。

では、そうした芥川の文学に「死」の意識が明瞭にあらわれはじめたのはいつ頃からだったのか。

考えてみれば、芥川の文学活動の第一歩となった処女小説『老年』においても、すでに人生の終焉に立ちすくむ人間の孤独と悲愁がえがかれているし、東大在学中に経験した初めての失恋や、親族間に生じた煩わしいゴタゴタなどの心労により、実人生における虚無感や喪失感を存分に味わった芥川の青春には、生まれながらにして「生」

から「死」にむかう人間の宿命に対するある種の諦観と失望があったといえるだろう。「けっして自己を語らない」と宣言しながら、狂死した母親の最期や、父、姉らの骨肉の死を綴った一九二六年発表の『点鬼簿』には、つねに死と隣り合せにある自らの陰鬱な心情が重ねられている。またさらに後年書かれた『侏儒の言葉』のなかで、「完全に自己を告白することは、何人《なんびと》にも出来ることではない。同時に自己を又告白せずには如何なる表現も出来るものではない」とあるところなどには、当時の芥川がいかに己が理想とする文学と実人生のはざまで苦悩していたかがわかって粛然とするのである。

そんな芥川がかかえていた文学的苦悩ともいえる「死生観」は、芥川が自死をとげたのちの遺稿『或阿呆の一生』や『歯車』においても吐露されているが、やはり何といっても、最晩期にのこしたアフォリズム（警句的評論）の代表作である『侏儒の言葉』いじょうに芥川の内面を鋭くえぐった箴言集はない気がする。

一部重複するのを承知で、いくつかうつしてみる。

完全に自己を告白することは、何人《なんびと》にも出来ることではない。同時に又自己を告白せずには如何なる表現も出来るものではない。

ルッソオは告白を好んだ人である。しかし赤裸々の彼自身は懺悔録の中にも発見できない。（略）所詮告白文学とその他の文学との境界線は見かけほどはっきりはしていないのである。

芸術の鑑賞は芸術家自身と鑑賞家との協力である。云わば鑑賞家は一つの作品を課題に彼自身の創作を試みるのに過ぎない。

人生は一箱のマッチに似ている。重大に扱うのは莫迦莫迦しい。重大に扱わなければ危険である。

人生は落丁の多い書物に似ている。一部を成すとは称し難い。しかし兎に角一部を成している。

恋愛の死を想わせるのは進化論的根拠を持っているのかも知れない。蜘蛛や蜂は交尾を終ると、忽ち雄は雌の為に刺し殺されてしまうのである（略）。

天才とは僅かに我我と一歩を隔てたもののことである。同時代は常にこの一歩の千里であることを理解しない。後代は又この千里の一歩であることに盲目である。同時代はその為に天才を殺した。後代は又その為に天才の前に香を焚いている。

天才の悲劇は「小ぢんまりした、居心の好《よ》い名声」を与えられることである。

わたしは或嘘つきを知っていた。彼女は誰よりも幸福だった。が、余りに嘘の巧みだった為にほんとうのことを話している時さえ嘘をついているとしか思われなかった。それだけは確かに誰の目にも彼女の悲劇に違いなかった。

芸術も女と同じことである。最も美しく見える為には一時代の精神的雰囲気或は流行に包まれなければならぬ。

どれもが芥川の人生観から絞り出た警句の数々といえるが、いずれにしても『侏儒の言葉』は、あたかも芥川が生前自らの深部にためこんでいた精神的鬱クツから生まれた、まるで今生に対する捨てゼリフのような独白に思えてならない。けっして一言一言にはそれほどの意外性や批評性はみられないのだが——むしろあっけないほど単純にして平明な格言の羅列なのだが——、それだけにこの頃すでに芥川が覚悟していた「死」に対する意識が炙り出ている気がするのである。

しかし、後年中村真一郎氏が指摘しているように、この『侏儒の言葉』はある意味において芥川がのこした警抜なアフォリズムであると同時に、たとえば「軍人は小児に近いもの」だとか「なぜ軍人は酒にも酔わずに、勲章を下げて歩かれるのであろう」だとかいった揶揄をもって、当時の学校における軍事教練や軍事教育を批判し、昭和の初め頃から徐々に庶民にのしかかってきた「戦争協力」への圧力、戦争讃美者への反ぱつをかくそうとしていない。つまり芥川は、己が「死」の覚悟をかためたのちも、良き社会、良き未来への希望をうしなっていなかったことがわかるのである。

たしかに芥川の遺し文ともいえるこの『侏儒の言葉』は、それまで芥川がふれてこなかった社会、世間、大衆にのこしたきわめて分かりやすい「人間」、あるいは「人生」についての指南書の一つであったことはじじつのように思う。

『侏儒の言葉』とならんで、芥川の「死」への傾斜をうかがわせる作品には、前述した『歯車』と『或阿呆の一生』、そして何より『河童』がある。いずれも芥川の自死後に短編集に収められ刊行された作品だが、『歯車』は一市井人の日常生活が、断片的かつアトランダムにえがかれている心象風景であり、一貫したプロットのない芥川得意の寓意的小説になっている。

知人の結婚披露宴に出るために乗った東海道線の車内で、たまたま乗り合わせた理髪店の主人からレインコートを着た幽霊の話をきかされるのだが、そのあと駅の待合室で同じレインコートを着た男と出会い、披露宴にむかう自分の頭の中で半透明の歯車が回り出す。それはあたかも、死と絶望を暗示するレインコートの男との対面のあいだをぬって、主人公である芥川を外部から巧みにあやつる眼にみえない宿命の歯車のようにもうつるのだが、その不可思議な頭痛に耐えながら、ようやく宴に参加したところ、そこのロビイでまたまた幽霊が着ていたというレインコートを発見する。そしてその後、ホテルの部屋にもどると、姉の夫が東京の近郊で轢死をとげ、その夫がロビイでみたのとそっくりなレインコートを着ていたことを知る――という何ともいえないミステリアスかつ不条理な心象小説なのだが、それがまたその頃の芥川がもっていた「死」への想念を露わにしているのである。

『或阿呆の一生』も同じで、そうした死の意識にさいなまれた芥川の心の深部層をいくぶん自虐的に吐露した作品。「唯薄暗い中にその日暮らしの生活をしていた」――という主人公に、(あれほど告白を嫌っていたにもかかわらず)これでもか、これでもかといった芥川の「死」に対する一種の片想いがきざまれていて心うたれる。たぶん、それは『歯車』でも表現されていたように、芥川の文学的な苦悩とはべつの、芥川が日常でかかえていた数々の煩わしい問題、たとえば義兄の家が全焼し、それが義兄の保険金目当ての放火だったのではないかと疑われ、けっきょく義兄がそれを苦に自殺してしまった事件だとか、それを追うように義弟が結核で大喀血するという凶事に見舞われたことだとか、芥川の日常を「唯薄暗い中のその日暮らし」に追いこんでゆく要素は数えきれないほどあったからである。

だが、芥川を決定的に「自死」にむかわせた心の推移は、ほぼその死の直前に著された小説『河童』にこそ書きつくされていると考えるべきだろう。

作者の死後、短編集『大導寺信輔の半生』（岩波書店）に収録された『河童』は、ある狂人が自らの奇妙な体験を語るという形式で書かれている。人間社会の縮図であり、ある意味裏返しの世界とも言える河童の国の、滑稽にして衆愚な営みが次から次へと展開されてゆく。「気遣いのやうに雄の河童を追ひかけてゐる」雌の河童、大小の家族を首にぶる下げて息も絶えだえな若い雄。河童の国にも資本主義がのさばり、すべてが機械化され、生産不良となれば大量の労働者が解雇されてしまう。しかし、それによって河童たちが集団抗議したり、罷業したりすることは絶対に起こらない。餓死や自殺の手間を「国家的に省略するための」職工屠殺法が施行され、かれらの肉は貴重な食糧となる。人間社会に肉をひさぐ女たちがいるのと同じだと河童たちは嗤《わら》う。政治家はすべて資本家にあやつられ、私益にはしり、戦争は決まって些細な莫迦々々しい理由から起こる。かつ資本家は、戦地の兵隊の食糧として石炭ガラを送り、「河童は腹さえ減れば何でも食ふ」とばかりに大儲けをする。そんな河童の国にもキリスト教、仏教、拝火教、生活教等々、さまざまな宗教があるのだが、その教会の司教さえ「我々の神を信じる訳にはゆかない」と吐露するのだ。

そんなある日、「河童の国」の詩人トックが自殺した。かれはだれもが畏敬する超人(芥川の分身と推されるが河童であることには変わりない)であり芸術至上主義者だったが、つつましい幸福に飽きたらず自ら命を絶ったトックは、死後幽霊となってあらわれ、しきりと自分の死後の評判やゴシップをききたがり、自分がいなくなったあとの「河童世界」における自分の名声を気にする。——筋書きを追えば追うほど奇怪な小説で、機知に富む警句や反語的要素にみちた作品にはちがいないのだが、ともかくここに書かれているのは、「河童」に姿をかえた人間どもの、芥川にとって苛立たしいかぎりの自己欺瞞であり、人間が人間であることへの嫌悪感以外の何ものでもない気がする。

芥川龍之介のこうした身を削るがごとき執筆生活が、やがて自身の健康を蝕まずにおかなかったことは必然だったろう。一九二一（大正十）年の秋頃から、神経衰弱、胃痙攣、腸カタル、心悸昂進といった症状があらわれはじめ、慢性不眠のために医者の処方以上の睡眠剤によってようやく浅い眠りを重ねるといった睡眠障害にもおそわれる。加えて、芥川にはつねに「狂人の子」の遺伝に対する自らの発狂への恐怖があり、心身ともに追いこまれてゆくのだ。

冒頭にしるしたように、作家芥川龍之介が多量の睡眠薬を飲み三十五歳五ヵ月で自死したのは、一九二七（昭和二）年七月二十四日未明のことだったが、いわば文壇の寵児であり日本文学の将来を担うホープともいわれていた芥川の突然の死は、当時の新聞、雑誌で大きく報道され、その死に至るまでの芥川の行動や心理に多くの文学関係者や研究者の関心が寄せられたのは当然といえば当然のことだった。

芥川の自死が明らかになった七月二十五日付の朝日新聞には「芥川龍之介氏、劇薬自殺を遂ぐ」という大見出しでこう報じられた。

文壇の鬼才芥川龍之介氏は二十四日午前七時市外瀧野川町田端四三五の自邸寝室で劇薬『ベロナール』および『ヂエアール』等を多量に服用して苦悶をはじめたのをふみ子夫人が認め直ぐにかかりつけの下島医師を呼び迎へ応急手当を加へたがその効なくそのまま絶命した、行年三十六、枕元にはふみ子夫人、画家小穴隆一氏、親友菊池寛氏、叔父竹内氏にあてた四通の遺書および『ある旧友へ送る手記』と題した原稿が残されてあった、届出でにより瀧野川署から係官同家に出張検視をしたが、自殺の原因は多年肺結核を病み最近強烈なる神経衰弱に悩まされつづけ更に家庭的な憂苦もあって結果厭世自殺を計ったものと見られて居る。

一読すると「衝撃的自殺」というより、一人の作家の「静かな死」という印象のほうがつよい記事である。

「劇薬自殺」とするされているが実際には睡眠薬に「ベロナール」「ヂエアール」と

いう他の毒薬を服用して死んだということなのだろうか。枕辺には夫人、友人に向けられた四通の遺書があったが、いずれの稿にも「或旧友へ送る手記」という表題が付けられていたのだから、やはり「遺書」というより、芥川の絶筆と解したほうが自然のように思われる。やはり芥川は作家として死んだという感のほうがつよい。

「朝日新聞」の記事はこうつづいている。

芥川龍之介氏が死に誘惑されたのは、遺書にもある如く、二年前からのことらしいが、殊に最近強度の神経衰弱を病み同時に家庭的にも複雑な憂苦が伴ひ死を思うこと切であった。先頃文壇の知友宇野浩二氏が発狂して王子脳病院に入院した際善後策のため鎌倉に久米正雄氏を訪ねたが、その時も芥川氏は『自分も強度の神経衰弱よりして発狂するかもしれない』などと冗談に語ったが『いや、自分は発狂する前に死ぬ、死の平静に飛び込んでしまふ』と厳しゅくな顔で語った。

その後、冷静に死の準備をしてゐたが、今月の十六日頃、一夜妓桜に遊び、席に出た一芸者から彼女等の陰惨なる生活状態を聴いて、深く「生きるために生きる」

人間の浅間しさを知り、一層厭世の心を強めたらしい。
帰宅後遺書の別記「ある旧友へ送る手記」を書いて、自分の死を決するに到った心的遍歴や死への賛美せきぼくたる人生観を書中に認めてその後は機会のみを待ってゐたが、二十三日になって、遂にこの夜を以て死期と定め——（略）——その日は一日中書斎にこもり氏が文壇生活の絶筆として雑誌『改造』執筆の『西方の人』『文芸的なあまりに文芸的な』を書き、更に前記諸氏にあてた遺書を書き、夕食の卓ではふみ子夫人や三児とも美しく談笑したる後、またも書斎にひきこもったのであった。

食後再び書斎にひきこもった氏は聖書に読みふけってゐたものゝ如く暁に近き午前一時頃前記の劇薬を飲み足音静かに階下の寝室にいり寝衣に着かへ床につかんとした際既に三児とともに熟睡してゐたふみ子夫人は、ふと眼をさまして声をかけると氏は『いつもの睡眠薬を飲んだ』と低い声で答へ床の上に横たはって尚も聖書を読んでゐたが、やがて聖書を開きたるまゝばたりと枕頭に伏して眠りについた。これが芥川龍之介氏の従容たる終えんであった。

　翌二十四日午前六時頃夫人が眼をさましてみると夫の呼吸が非常に切迫し顔色は鉛の如く青く沈んで容易ならぬ状態らしいので驚いて前記の下島医師を迎え直ちにカンフル注射その他の手当を加へたが既におよばず同七時遂に永眠したのであった。


　ここで初めて芥川龍之介にとっての「枕頭の一書」――『新約聖書』が出てくるのだが、前のほうでその日芥川は一日じゅう書斎に引きこもり、雑誌「改造」に連載していた小説『西方の人』および『文芸的な、余りに文芸的な』を書いていたという妻ふみ子の証言があるので、たぶんその執筆のための資料として読んでいた『聖書』を寝床まで持ち込んでいたと考えるのが自然だろう。

『西方の人』と併行して書かれていた評論的作品『文芸的な、余りに文芸的な』は、発表時から諸家の注目をあび、とくに谷崎潤一郎とのあいだで論争をおこしたことでも知られている。谷崎にいわせれば、まったく話らしい話のない作品であり、「筋書きの面白さ」こそが本分である小説を生業とする身としては断固認めるわけにはゆかないという立場なのだが、芥川はむしろ死の想念に囚《とら》われはじめた昭和の初め頃から、自分の作品の「筋書き」に対して疑問を抱くようになり、徐々に「筋書き」のない新しい詩小説とでもいうべき手法に惹かれつつあった。

あくまでも「筋書きのない小説など小説にあらず」が持論の谷崎潤一郎の見解とは真っ向からぶつかり、両者譲らずといった按配となったわけである。

このことは、本書の主題から少し外れるのでいったん横におくとしても、やはりそれいじょうに興味がわくのは、自死の覚悟をかためておきながら、なおも芥川は小説『西方の人』(これもかなり「詩小説」に近い作品だったが)に対する情熱を失っていなかったということだ。でなければ、常用していた睡眠剤に加え「ベロナール」「ヂエアール」といった禁止薬を飲みほしながら、最後の最後まで寝床で『新約聖書』に読み耽るなどということはあり得まい。『西方の人』は一九二七(昭和二)年の八、九月に「改造」に分載されたもので、芥川の晩年作のなかではあまり取り上げられることの少ない作品だが、正・続五十九の短章からなるこのキリスト伝は、いわば芥川が自らを「クリスト」に置きかえた一点の「自画像」ともいえる作品だった。いいかえれば、芥川はこの世を去るにあたって、自らの人生を「キリストの生涯」に重ね合わせるという大胆な試みにいどみ、そこに一縷の救いをもとめようとしていたようにも思えてならない。

芥川が薬を飲んで就寝するギリギリまで読み耽っていた『新約聖書』は、いうまでもなく神と人間との関係を一つの「友愛の契約」としてとらえる『旧約』とはちがって、キリストが生誕前におかした数知れぬ罪科を、生誕後に後悔し懺悔してゆこうとする聖人の自省録であり、「正しく生きるための手引き書」ともなる箴言集でもある。ただ、作家芥川龍之介にとっての人生最後の一書である『新約聖書』は、一面において「いかに正しく死んでいくか」という手引き書としての意味をもっていたこともたしかだろう。

芥川の自死の決意の理由が「将来への漠然とした不安」と表現されていたことは有名だが、その言葉は夫人をふくむ四人の知友たちにあてた『或旧友への手記』の前半の部分に出てくる。

「誰もまだ自殺者自身の心理をありのままに書いたものはない」ではじまる文章につづけて芥川は、「少くとも僕の場合は唯ぼんやりした不安である。何か僕の将来に対する唯ぼんやりとした不安である」とくりかえし書き、読む者にむかって「君は或は僕の言葉を信用することは出来ないであらう」といっている。そして、「十年間の僕の経験は僕に近い人々の僕に近い境遇にゐない限り、僕の言葉は風の中の歌のやうに消えることを教へてゐる。従つて僕は君を咎めない」とも説いている。要するに、一般の人間には簡単には理解できない、それこそ「文芸的な、余りに文芸的な」言葉だから、とうてい自分の自殺の理由、真意は他人にはわからないだろうし、もし出来るとしたら、この数年間にわたって自分と同じ経験をした者のみではないかといいきるのだ。

そんな芥川龍之介の文学の軌跡をあらためて追うと、じつは芥川の文学は最初から「将来のぼんやりとした不安」から生まれた文学だったのではないかという思いに達する。『老年』も『羅生門』も『杜子春』も『トロッコ』も『鼻』も、あの『河童』も『地獄変』も『蜘蛛の糸』も、まぎれもなく芥川がてんからかかえていた「生」への不安から発生した文学であることに気づかされる。ぜんぶを紹介するわけにゆかぬが、『羅生門』の腐臭ただよう楼上に散乱する餓死者の髪をぬいてあるく女、幼い頃初めて乗った行き止まりのない『トロッコ』の記憶をいつまでもひきずり、成人してからもその恐怖に怯えつづける男、発狂の遺伝をおそれ、やがてくる死を必然の結果としてうけとめようとする『歯車』に巻きこまれる私。登場する主人公という主人公がすべて「希望」を喪失し、あえて（いやごく自然に）「死」にむかってゆこうとする暗い意志。芥川龍之介という作家は、終生己が人生に希望の光を見い出すことなく、ひたすら幻想と逆説と警句の世界にのみ文学の可能性をもとめた作家だったといえるのではあるまいか。

　臨死の枕元にパタンと閉じられた『新約聖書』を下敷きにして書かれたと思われる芥川の絶作『西方の人』には、ほんの何章かの『続西方の人』が書き加えられているが、その続の冒頭の章「再びこの人を見よ」の最初のほうに、いかにも芥川の「クリスト」に対する敬愛と信頼をあらわす言葉がしるされている。

　その言葉には、自らの「ぼんやりした不安」から自身を救済し、逃避させてくれるのは、もはや自身が「クリスト」になる他ないといったもう一つの諦念が語られているのである。

クリストは「萬人の鏡」である。「萬人の鏡」と云ふ意味は萬人のクリストに傚《なら》へと云ふのではない。たつた一人のクリストの中に萬人の彼等自身を発見するからである。わたしはわたしのクリストを描き、雑誌の締め切日の迫つた為にペンを抛《なげう》たなければならなかつた。今は多少の閑《ひま》のある為にもう一度わたしのクリストを描き加へたいと思つてゐる。誰もわたしの書いたものなどに——殊《こと》にクリストを描いたものなどに興味を感ずるものはないであらう。しかしわたしは四福音書の中にまざまざとわたしに呼びかけてゐるクリストの姿を感じてゐる。わたしのクリストを描き加へるのもわたし自身にはやめることは出来ない。

死ぬ間際にいたって、「雑誌の締め切日」なんていう言葉が出てくるのが、いかにも作家業からのがれられない芥川の日常をあらわしていておかしいが、それにしても、自らを「クリスト」と合体させようとしていた臨死の作家芥川の強靭な意志力にあらためて感動させられる。

しかも『或旧友へ送る手記』にのこされたつぎのような文章を読むと、あたかも芥川龍之介という作家が「クリスト」になることに成功した錯覚さえおぼえる。これは例の「誰もまだ自殺者の心理をありのまま書いたものはない」からはじまる文章の続きで、あの有名な「唯ぼんやりした将来に対する不安」が出てくる部分なのだが、芥川はまるで自分の死が世間に知られたのちの情景をそこに再現するかのように、こんなふうにくりかえし書いているのである。

君は新聞の三面記事などに生活難とか、病苦とか、或は又精神的苦痛とか、いろいろの自殺の動機を発見するであらう。しかし僕の経験によれば、それは動機の全部ではない。のみならず、大抵は動機に至る道程を示してゐるだけである。自殺者は大抵レニエ（筆者註・主著『諷刺詩集』などで知られるフランスの詩人。一五七三—一六一三）の描いたやうに、何の為に自殺するかを知らないであらう。それは我々の行

為するやうに複雑な動機を含んでゐる。が、少くとも僕の場合は唯ぼんやりした不安である。何か僕の将来に対する唯ぼんやりした不安である。

◉枕頭の一書

『新約聖書』(文語訳　岩波文庫　二〇一四年、聖書協会共同訳　日本聖書協会　二〇二〇年、田川建三訳　作品社　二〇一八年)

・「枕頭の一書」への手引き

『奉教人の死』芥川龍之介著(改版　新潮文庫　二〇〇一年、『羅生門・蜜柑ほか』所収　ちくま文庫　二〇一六年)

『侏儒の言葉』『歯車』『或阿呆の一生』『河童』『西方の人』『或旧友へ送る手記』芥川龍之介著(『或阿呆の一生・侏儒の言葉』所収　角川文庫　二〇一八年)

あとがきに代えて——再び、「枕頭の一書」について

まえがきで福永武彦氏の「枕頭の書」を引用し、「枕頭の書とは早く眠りにつくためのある種の導眠安定剤的なもので、自分が考えていた人生最後の読書とは意味がちがうことに気付いた」という趣旨のことを書いたけれども、こうして六人の作家の最後の一書について書き終えてみると、やはり「枕頭の一書」とは、福永氏のいうように「早く眠りに入るための読書にすぎない」のではないかとも考えるようになった。つまり福永氏のいう「眠り」とは、翌朝かならずパッチリ目を醒ます平常の眠りのことだが、私がここに取り上げた六作家の「眠り」は永遠に眼を醒ますことのない眠り——すなわち「死」をあらわす眠りなのである。しかし、眠りに入ると

いう現象においては同じ眠りなのであって、人間が寝床に入るときに手元に置いておきたい「一書」の役目は、その点において同じなのではないかと考えるようになったのである。

だが、あらためて思うのは、死の床についた作家たちの人生最後の一書は、そこから新しい知識とか、知見とか、新しい情報とかを欲しようとしていないことである。明日はもうこの世に居ないという人間にとって、新しい知識や知見、情報など必要ではないからだ。むしろ、寸刻後にやってこようとしている「死」に対して、いかに恐怖なく、心取り乱すことなく、おだやかにそれをむかえられるか、「嗚呼、自分の人生はこれで最良であり幸福だったのだ。これでじゅうぶん満足だったのだ」と自らに言いきかせ納得させる、いわば折伏者としての一書をもとめたかっただけの話ではないのかと思うのである。そういう視点に立つなら、「枕頭の一書」の意義とは、福永氏のいうごとく「安らかにおだやかに眠りにつく」一点にだけあるものといっていいのだろう。

しかしながら、だ。

こうやって筆者にとって身近に感じられる六作家の「枕頭の一書」について書きつらねるにしたがって、作家という宿業がいかに「文学」に魅入られ、「文学」を信じて為《な》される営みであるかということをしみじみと再認識させられた。とくに大岡昇平氏の『富永太郎画帖』、秋山駿氏の『中原中也詩集』、中野孝次氏の『セネカ　現代人への手紙』などからは、作家が自らの人生の最終章の言葉として、その一書をえらんだ必然性すらが感じられて心をうたれた。言葉の力を信じて生きた作家たちは、とことん息絶える直前まで、「信じられる言葉」のなかで永遠の眠りにつこうとしたのである。

いうまでもないことだが、「言葉」は「言葉」だけで成り立つものではない。その言語が読み手に理解され咀嚼され、かつその言葉を受容する者の心のなかで消化されて、初めてそこに「言葉」としての存在理由《レェゾンデートル》をもつことができる。「言葉」じたいは、つねに孤立し泰然とそこに在るだけであって、読み手がそこに希望や救いや知恵をもとめて初めて呼吸をはじめるのである。もとめぬ者の前では「言葉」は無力な一片の文字であり、何も語らず何も発さぬ一片の活字にすぎないのだ。

そう考えると、本書にあげた六名の作家たちは、臨終の床にあって息絶えるまで、最後の最後まで「言葉」に生をあたえつづけた人たちということもできるだろう。人に「死」があるように、言葉にも「死」がある。そして、その「言葉」（あるいは文学）を生かすも殺すも読み手の心しだいなのである。

さらにいうなら、ここに揚げた六名の作家は、自らの「死」とひきかえに、愛する「言葉」たち、いや「文学」そのものに命の華やぎをもたせた達人といえるのではなかろうか。

少々言い訳めくが、いつも自前の美術館で好きな絵ばかりにかこまれて生きている筆者には、ここに取り上げた文学者がもっているほどの「言葉」

への信頼はとぼしい。心のどこかに「言葉」への疑いというか、「言葉にならぬ言葉」のほうを信じていたいという願望がある。それが、長いあいだ「絵画芸術」へののめりこみを醸成させてくれている因子の一つではないかと、勝手に思いこんでいる人間の一人なのである。

そんな筆者が八十路に入った今、やがてくるその日に手にする（手にしたい）枕頭の一書は何だろうか、しきりとそんなことを考える日が多くなったのはたしかだ。

二〇二二年十一月末

窪島誠一郎

窪島誠一郎（くぼしま・せいいちろう）
1941年、東京生まれ。印刷工、酒場経営などへて、79年、長野県上田市に夭折画家の素描を展示する「信濃デッサン館」（現KAITA EPITAPH 残照館）を創設、1997年、隣接地に戦没画学生慰霊美術館「無言館」を開設。2005年、「無言館」の活動により第53回菊池寛賞受賞。2016年、平和活動への貢献により第1回澄和フューチャリスト賞受賞。
おもな著書に『父への手紙』（筑摩書房）、『信濃デッサン館日記』Ⅰ～Ⅳ（平凡社）、『無言館ものがたり』（第46回産経児童出版文化賞受賞・講談社）、『鼎と槐多』（第14回地方出版文化功労賞受賞・信濃毎日新聞社）、『父　水上勉』『母ふたり』『「自傳」をあるく』（白水社）、『最期の絵　絶筆をめぐる旅』（芸術新聞社）、『夭折画家ノオト』『蒐集道楽』『愛別十景　出会いと別れについて』詩集『のこしてゆくもの』『窪島誠一郎コレクシオン』全5巻（アーツアンドクラフツ）など多数。

枕頭《ちんとう》の一書《いつしよ》
作家たちが読んだ人生最後の本

2023年3月1日　第1版第1刷発行
2023年8月15日　　　　第2刷発行

著者◆窪島誠一郎《くぼしませいいちろう》
発行人◆小島　雄
発行所◆有限会社アーツアンドクラフツ
東京都千代田区神田神保町 2-7-17
〒101-0051
TEL. 03-6272-5207　FAX. 03-6272-5208
http://www.webarts.co.jp/
印刷　シナノ書籍印刷株式会社

落丁・乱丁本はお取り替えいたします。
ISBN978-4-908028-82-3　C0095